16	3	2	13
5	10	11	8
9	6	7	12
4	15	14	1

Ana Cristina Braga Martes

SOBRE O QUE NÃO FALAMOS

Romance

editora■34

EDITORA 34

Editora 34 Ltda.
Rua Hungria, 592 Jardim Europa CEP 01455-000
São Paulo - SP Brasil Tel/Fax (11) 3811-6777 www.editora34.com.br

Copyright © Editora 34 Ltda., 2023
Sobre o que não falamos © Ana Cristina Braga Martes, 2023

A FOTOCÓPIA DE QUALQUER FOLHA DESTE LIVRO É ILEGAL E CONFIGURA UMA APROPRIAÇÃO INDEVIDA DOS DIREITOS INTELECTUAIS E PATRIMONIAIS DO AUTOR.

O casamento entre detentos realizado numa prisão no município de Palmares, em Pernambuco, citado na página 22, é fato verídico e seu relato reproduz literalmente o texto de uma reportagem veiculada no *Jornal Nacional*, da Rede Globo, em 1976.

Imagem da capa:
Odilon Redon, Cinq papillons, *c. 1912, aquarela s/ papel,
27 x 21 cm, Collection of Mr. and Mrs. Paul Mellon,
National Gallery of Art, Washington DC*

Capa, projeto gráfico e editoração eletrônica:
Franciosi & Malta Produção Gráfica

Preparação:
Cide Piquet

Revisão:
Fabrício Corsaletti

1ª Edição - 2023 (1ª Reimpressão - 2024)

CIP - Brasil. Catalogação-na-Fonte
(Sindicato Nacional dos Editores de Livros, RJ, Brasil)

M595s
Martes, Ana Cristina Braga
Sobre aquilo que não falamos / Ana Cristina Braga Martes. — São Paulo: Editora 34, 2023 (1ª Edição).
200 p.

ISBN 978-65-5525-170-8

1. Literatura brasileira. I. Título.

CDD - 869.3B

SOBRE O QUE NÃO FALAMOS

Elástico no pulso	11
No silêncio, o grito	15
A voz e o muro	21
Improvisada desde sempre	25
A noiva morta	31
A árvore das perguntas sem resposta	35
Pelo escuro no braço	43
Cegonha Branca	49
Para manter o corpo inteiro	53
Caminha de algodão	57
Cheiro de naftalina	61
O som vindo de dentro	67
Mãe solteira	75
Amigas guardam segredo	79
A primeira vez que vi meu pai	87
Colar de pano preto	91
No ritmo do relho	95
Leve e pesado	101
Pronta para sair	107
A volta	113
Alisar com ferro	117

Escrever de joelhos 125
Jogo de gente grande 129
Barriga ao contrário 135
Galinha Preta 141
Cortina de carne 151
Azul e vermelho 159
Não vi nada, não vou falar nada 163
Pernas e asas 167
Atrás das palavras 171
Toda a verdade é esse punhadinho 177
Denodo 187
Clara preta 191

Agradecimentos 198
Sobre a autora 199

para meu filho Francisco

É por causa dessa ameaça iminente, da sensação de que tudo pode acontecer de novo e de que nada assegura que o pior já foi vivido, que escrevi esta história alguns anos depois. Pode ser que os diálogos não tenham sido exatamente assim. Cenas, descrições e objetos ficam opacos com o tempo ou então vívidos demais.

Elástico no pulso

Gostar de ficar doente era um segredo meu. Meus avós abriam a porta devagar, perguntavam se eu queria que ficassem comigo no quarto — chocolate quente, boneca de pano, sente frio? dor? Doente, eu não podia andar descalça, mas também não precisava usar óculos, tomar banho, prender o cabelo com o elástico que nunca tirava do pulso.
Ficar na cama também não era ruim. Minha avó trazia os panos de prato para bordar e arrematar a bainha com ponto de crochê. Frutas vermelhas ou amarelas e flores com as linhas que demorava para escolher. Precisa pôr as cores pra conversar, ela dizia. Para me agradar, ela empilhava gibis emprestados da vizinhança em cima da mesinha de cabeceira, abria o tabuleiro de jogos e às vezes me deixava ganhar, de vez em quando cantava como se fosse para mim. Com febre ou dor no corpo, eu não apanhava.
Se me lembro bem, naquele fim de tarde minha avó entrou no quarto e fechou a veneziana: essa chuva vai passar, chuvisqueiro é bom, limpa e rega aos poucos, deixa tudo pronto pra nascer de novo. Sentada na beirada da cama, ela encostou a mão na minha testa, nunca precisou de termômetro para saber se eu tinha febre. Antes de se levantar, penteou meu cabelo com a ponta dos dedos. Meu avô também entrou no quarto e apanhou o cobertor mais grosso de dentro do armário. Fizeram uma concha em volta do meu corpo, enfiando a bainha por baixo das minhas pernas como se eu fos-

se um bebê. Minha avó disse: vai virar uma pérola. E meu avô falou: está pronta pra dormir no seu casulo. Sem que eu pedisse, ele ajeitou meus óculos como se dissesse: bonitinha, apesar dos óculos.

Sem poder sair da cama, eu ficava imaginando como seria se eu virasse mesmo uma pérola, já que pérola é só uma bolinha que brilha dentro de uma concha escura e fechada. Essa imagem me incomodava como um vestido que pinica nas costuras. Pior ainda seria dormir num casulo porque, se fosse assim, era certo que eu ia virar borboleta e ficaria presa para sempre dentro de uma das caixas da coleção do meu avô. Esse era outro segredo, libertar as borboletas daquelas caixas, mesmo sabendo que não ia adiantar.

Durma bem, bela. Fecharam a porta do quarto e se sentaram na mesa para conversar. Como a porta se abria para a cozinha bem onde ficava a mesa, eu conseguia ouvir quase tudo o que conversavam, mesmo com a porta fechada. Naquela noite não foi diferente. Meu avô reclamou que os fregueses do armazém só compravam fiado, ninguém mais tinha dinheiro para nada, muito menos ele. Minha avó recriminou as moças de saias curtas demais, calças justas demais, pais que deixavam os filhos com os avós, e avós que deixavam os netos soltos na rua, e outras coisas que uma criança não devia ouvir, era assim que diziam. Às vezes eu desconfio que eles sabiam que eu ouvia, pode ser, nunca tive certeza.

Depois de resmungar alguma coisa que eu não entendi, minha avó levantou a voz: aqui na Vila todo mundo fala mal de turco, e reumatismo, *caro mio*, é doença hereditária. Ele respondeu raspando a garganta: nasci no Líbano. Descontados esses momentos, a casa era só silêncio, sapato arrastado de dia e chinelo arrastado de noite; a palavra reumatismo; a chuva caindo lá fora; as músicas que minha avó cantava. Nessa hora ela não abria apenas a boca, abria também os olhos e os ouvidos, como se tivesse um segredo pronto para ser revelado e precisasse estar atenta às reações de quem ouvia. Em outras horas eu reparava no medo que ela queria passar para mim ao dar conselhos sobre meninos e homens, e a moral da história que eu era obrigada a adivinhar como uma charada. Quando a conversa tomava esse rumo, meus avós não discordavam. Mas sempre que discutiam, o que eu mais tentava entender era a raiva escondida que meu avô trazia no corpo, ameaçando escapar como o coice inesperado de um cavalo.

Eu tinha reumatismo desde os quatro anos de idade e pensava que toda casa com criança doente fosse quieta, quase muda, e com o tempo percebi que nossa casa era habitada por vários tipos de silêncio. O silêncio branco do lençol estendido sobre a cama, do ferro de passar contornando cada botão de camisa, o silêncio morto do cheiro de naftalina, de um prato de sopa largado pela metade, o silêncio imposto às borboletas que meu avô colecionava. Tão quieta, a casa me fazia pensar numa história que meu avô contava sobre a primeira vez que ele conseguiu enfiar um freio na boca de um cavalo enquanto o pai dele mostrava como o bridão (nunca me esqueci desta palavra) atrofiava a língua do animal. E nessas horas eu só pensava no meu pai e minha mãe chegando para me levar dali com eles.

Mas no fim daquela noite, meu avô se irritou mais do que o normal. Disse que não era fácil sustentar uma casa, e ainda bem que eu era bonitinha porque assim me casaria logo, era só emagrecer um pouco, ia espichar com a idade, já tinha começado. Casar pra quê, minha vó interrompeu, se acontecer a mesma coisa com essa menina, *Dio mio*, juro que enlouqueço.

Do que eles estavam falando?

No silêncio, o grito

Um caminhão de mudanças, com a carroceria aberta e a frase "Só morre quem é esquecido" na parte de cima do para-brisa, estacionou chacoalhando o silêncio da nossa casa. Acordei sem febre e a sola do pé não doeu quando pisei no chão. Da janela da sala deu para ver a cabine e dois homens descarregando um sofá de plástico marrom: depressa que vai chover. Se me ajoelhasse em cima da pia, pela janela basculante da cozinha, dava para ver a cozinha da casa ao lado. Mas eu não tinha tanta coragem, mesmo se minha avó estivesse estendendo roupa no varal e meu avô atendendo cliente no armazém.

Antes que a chuva despencasse, minha avó espalhou a cera vermelha e depois passou o esfregão. Cheiro de cera e bolo assando. Os homens falavam alto do outro lado: mais pra cá, mais pra lá, aí não, aí, aí. O barulho de um vidro se espatifando e a voz de uma mulher: seu peste, esse era o único vaso que eu tinha. Não fui eu, mãe, foi ele.

Com um bolo recém-assado nas mãos, minha avó saiu apressada: tchau, bela, vou levar pra vizinha, volto em cinco minutos, vigia o ensopado. Estendi a toalha, três pratos, facas e garfos. Meu avô chegou do armazém: por que encerou o chão, se vai chover? Raspei o resto do bolo grudado no fundo da assadeira com a ponta da faca, comi sem que ele percebesse e me obrigasse a ouvir que naquela casa não se comia entre as refeições.

Ela voltou logo, entrou espantando pingos de chuva da blusa como se fossem mosquitos: já conhecia a vizinha nova, boa costureira, mas fala demais. É largada do marido. Antes morava atrás da igreja. Falam que o Capitão está ajeitando um emprego pra ela na prefeitura. É uma pena, ninguém mais encomenda costura, só querem comprar roupa pronta. Daqui a pouco vai ser assim com tudo, até com os armazéns. Quem vai querer cozinhar se tem comida pronta pra vender?

Destampando a panela, minha avó cheirou o ensopado e riscou o fósforo para esquentar o feijão — Ah, a vizinha fez questão de dizer que podemos usar o telefone dela, se precisar. Agradeci por educação, e aposto que o que ela quer mesmo é ouvir nossa conversa. Ah, vocês precisam ver, os filhos da vizinha são gêmeos idênticos, iguaizinhos! Meu avô ergueu o dedo para mim: com esses dois você não vai brincar, já ouvi cada uma!

Dei de ombros. Não gostava de brincar com menino e nem com boneca, preferia ficar sozinha e inventar meus brinquedos. Também não gostava mais de brincar com o Bambino, o único garoto ruivo da Vila, o único menino que podia entrar no meu quarto, filho da amiga com quem minha avó ia à igreja mesmo que não tivesse missa. As duas ajudavam o padre a organizar a procissão de Corpus Christi e a forrar as ruas com um tapete desenhado com flores, borra de café e serragem colorida, que ia da avenida até a igreja. Também costuravam os vestidos dos anjinhos que iam na primeira fila, logo atrás do vigário e do padre, com asas feitas de penas de galinha tingidas de branco. Eu não achava mais graça em usar aquelas camisolas com asas de anjo, mas o Bambino ainda queria sair na procissão com elas. E o que ele queria mesmo era brincar com a minha boneca e comer o feijão com toucinho da minha avó. Uma vez, na rua, ouvi um moleque gritando "cara de boneca". E na escola, por trás, chamavam ele de Bambi. Para mim ele era o Bambino mesmo.

Um pingo de água caiu do teto marcando o piso vermelho. Minha avó abriu o armário e pegou duas panelas: me ajuda aqui com as goteiras, no corredor tem duas. Na cozinha, uma, por enquanto.

*

Meu avô abriu a porta sem fazer barulho, raspou a garganta como sempre fazia antes de conferir se a janela do meu quarto estava fechada, e me deu boa noite. Boa noite, vô. Acordada ainda? Até que enfim a chuva parou. Chuva amuada, ouviu os trovões? Deve ter caído raio por aí. Tomara que não tenha atingido nenhum poste, derrubado árvore, matado gente. Ainda bem que sua febre passou. Injeção dói mas funciona.

Deitada na cama e olhando para ele, eu conseguia ver suas narinas ainda mais abertas, narinas de cavalo, que não combinavam com seu olhar lento de jabuti. Cavalos não respiram pela boca, só pelas narinas. Pelo suor, o bicho reconhece a emoção dos humanos, principalmente o medo. Isto ele sempre dizia: meu pai também reconhecia o sentimento das pessoas de tanto adestrar cavalo. Fiquei pensando que, se meu avô tivesse aprendido com o pai dele, eu não teria como esconder o pavor que sentia quando eu olhava para algumas partes do seu corpo sem que ele percebesse.

Se, de frente, as narinas me assustavam, quando ele virava de costas, me sentia ainda pior ao ver seus cotovelos. Eram dois olhos roxos — um roxo escuro, quase marrom — feitos para me espiar. Era isso que eu via na ponta de cada cotovelo, uma córnea cor de sangue pisado em volta do ossinho pontudo e redondo. Cresci achando que meu avô era capaz de me vigiar em qualquer posição que estivesse, me olhando de frente ou me dando as costas com seus olhos-cotovelo.

Assim que ele saiu, minha avó entrou no quarto, durma com os anjos. Mas não consegui pegar no sono, duvidando que um anjo chegaria para ficar comigo. Desde muito pequena ela me dizia que era só acreditar e rezar muito. E comecei a desconfiar que não era possível saber se a gente acredita ou não numa coisa que nunca viu. Assim como os meus pais, os anjos não chegavam, ou talvez eu não merecesse enxergá-los, criaturas tão perfeitas eu não conseguia alcançar. Só apareciam nos santinhos que colecionaram para mim quando eu fiz o catecismo, com crianças de rostos iluminados, a aura dourada e a tiara amarela protegendo suas cabeças loiras. É que eu sabia, a cor da minha pele e o que tinha dentro de mim eram escuros demais. No rosto daquelas crianças não se viam pensamentos ruins, no rosto do Bambino também não. Minha avó dizia que o Bambino era a criança mais cordata que ela já tinha visto e que por isso a Vila inteira gostava dele. Cordata ela me explicou: quem concorda com tudo, não reclama de nada nem é birrenta. Ele era assim mesmo, mas eu não. Eu não era tão boa assim. Gostava de esmagar saúvas, besouros, qualquer inseto de casca dura para ouvir o clac e sentir a vibração na sola do pé.

A porta do armário ao lado da janela, a tábua de passar roupa encostada nele, a mesinha de cabeceira ao lado da minha cama, nada fora do lugar. Escuro, sombra parada e sem voz. Foi quando ouvi os gritos na casa vizinha, da costureira, mãe dos filhos gêmeos. Não sei quem gritou primeiro. Não era voz de moleque nem de mulher, talvez o namorado da mãe. Casa sem pai, mas com homem pra mandar, minha avó falou assim que os vizinhos chegaram. Bem possível que eu tivesse que me acostumar com aqueles berros, já tinha aprendido a fingir que não ouvia. Mas aquele grito era diferente porque me puxava para perto. Saí da cama, peguei os óculos, conferi se a porta do quarto dos meus avós estava fechada. Nenhuma luz acesa, nem no banheiro.

Por causa do reumatismo, eu não podia andar sem sapato. Mas pés descalços não fazem barulho. A janela da outra casa ficava mais ou menos a um metro do muro. Na ponta dos pés vi que minha cabeça ficava quase dois palmos abaixo, não dava para ver, mas dava para ouvir. A discussão vinha da cozinha, era exatamente onde eles estavam, eu conseguia localizar cada cômodo da casa porque a minha era igual à deles, como se o muro fosse um espelho que dividisse e ao mesmo tempo colasse as duas casas uma na outra. Peguei o banquinho de costura, encostei no muro, subi.

O homem empurrou um dos meninos, que caiu de boca no chão. Deu para ouvir o corpo batendo contra o assoalho, pressentir a dor da segunda pancada. As pernas dobradas, o corpo se encolhendo. O menino vestia um shorts marrom e, conforme se movimentava, não parecia tão menino assim. O homem o arrastou até a parede, suspendeu o corpo, apoiando o tronco no azulejo frio. O menino tentou se proteger com o cotovelo, não adiantou, não deu tempo. Quando o tapa estalou na cara dele eu esperava um grito, mas dessa vez foi um soluço. Ele cobriu o rosto com as mãos, o corpo provando ser capaz de suportar. O homem saiu e, só depois que ele bateu a porta da frente, o menino tirou as mãos do rosto, abriu os olhos e me viu ali, rente ao muro, olhando para ele. Disparou uma cusparada na minha direção, como se pudesse me atingir e eu me abaixei imediatamente, com a certeza de que o cuspe era para mim.

Por que a mãe deles não estava lá? Se estivesse, não deixaria o homem bater tanto assim nos meninos. Sempre que meu avô me batia, eu só parava de chorar quando imaginava minha mãe entrando no meu quarto, afagando meu cabelo, segurando a minha mão, dizendo que tinha vindo me buscar. Corri para a cama e cobri a cabeça com a vira do lençol, com o cobertor, com o travesseiro. Por um instante, senti minha avó se aproximando, cantando alto para impedir que eu continuasse a ouvir os berros. O céu da boca iluminado, pelos brancos no queixo, o dente que faltava bem lá atrás. Apertei o travesseiro contra meu rosto para desfazer a imagem e esperar que a gritaria terminasse do outro lado do muro.

No dia seguinte, minha avó abriu a porta do quarto: *Se um deles não me quiser, o outro poderá querer/ Nunca mate um louva-deus, só ele vai responder/ Nunca mate um louva--deus, ele vem pra te comer*. Ela sempre cantava em italiano, mas aquela música foi em português, como se quisesse que eu entendesse tudo.

A voz e o muro

Meu avô me mostrou onde escondia o veneno de formiga. Uma abertura na parte de cima do muro. A caixinha fica ali no alto, pra que as galinhas não alcancem, ele disse. Achei estranho porque as galinhas não saíam do galinheiro, só o galo conseguia escapar. Ele me dava medo nessas horas, e também quando falava do meu bisavô. Eu não queria ouvir nada sobre veneno, nem sobre o pai dele, já que sobre o meu pai ele nunca falava. Difícil entender por que razão meu avô vivia repetindo algumas frases e outras fingia nem ouvir. Demonstrava não gostar do meu pai nem de formigas, e amava borboletas. Dizia que eram belas, e Bella era o nome da minha mãe.

Nenhuma gota de chuva na semana. Dias quentes e noites abafadas. Alguém começou a falar alto do outro lado do muro e meu avô se levantou nervoso da cadeira: era o que faltava! Empurrou a mesa com tanta força que fez dançar a água nos copos. Televisão nesse volume e na nossa fuça! A gente não compra uma e é obrigado a ouvir a dos outros. Enrolou a manga da blusa com a mão direita e depois a outra com a esquerda, muito calor. Até achei bom ficar ouvindo já que, na nossa casa, ninguém conversava no almoço nem no jantar. Por que faziam questão de que comêssemos juntos, se meu avô não tirava os olhos do prato e minha avó não via a hora de esvaziar a mesa e começar a lavar tudo?

A voz parecia hipnotizar: "em Pernambuco uma tentativa de recuperação através de uma nova terapia, o casamento. Na cadeia pública do pequeno município de Palmares, os noivos começaram logo cedo os preparativos para o casamento. Eles se conheceram ainda crianças e um dia chegaram a namorar. Depois, cada um foi para o seu lado. Tempos atrás Antônio matou um homem, foi preso e condenado a oito anos de prisão". Minha avó interrompeu: essa é boa, uma pessoa mata outra e fica presa só oito anos! Meu avô limpou os dedos no pano de prato, e a voz continuou: "Hilda, a noiva, feriu gravemente uma mulher e pegou sete anos". Minha avó não se segurou: isso é justo? A mulher não matou, só machucou. O homem matou. E ela fica presa só um ano a menos do que ele? Pra que assistir noticiário?

Eu queria que eles parassem de falar para eu poder ouvir. Aquela voz me tirava da casa, da Vila, e me levava para lugares que eu nem imaginava que existiam. Palmares. Um dia eu ia conhecer. Uma voz tão grossa, educada e cheia de certezas, como a voz de um homem que sabe mandar: "na cadeia, eles se reencontraram e recomeçaram o namoro. Com a ajuda das autoridades e por bom comportamento, tiveram permissão para casar. Uma sanfona executou a marcha nupcial". Como pode? Nem bem ouviu a palavra de Deus e já receber voz de prisão, minha avó falou. Meu avô discordou: eles já estavam presos. E a voz foi descendo o tom: "os noivos serão transferidos para o presídio de Itamaracá, onde passarão a lua de mel e ficarão residindo". Acho que foi isso o que ouvi, não tenho certeza.

Il matrimonio è una prigione, minha avó suspirou. Eu não entendia, será que ouvi direito? Como era possível casar e morar numa prisão? Essa palavra me dava pavor. Cadeia, soldados, homens de farda me faziam sentir culpada por um crime grave, que eu não sabia qual era e que eu não havia cometido. Em frente à delegacia, eu nem passava na mesma calçada, abaixava a cabeça diante do capitão de polícia, tinha que pedir bênção e chamar de padrinho. Homens fardados me deixavam aflita, que nem as palavras que apareciam escritas no muro e que eu não conseguia entender. Eu odiava ver, na cintura daquele homem, o cassetete pendurado num lado, o coldre no outro, e as alcinhas cheias de bala para todo mundo ver.

Só para fazer barulho, minha avó abriu a torneira no máximo e começou a lavar pratos. Corri para o banheiro e consegui ouvir mais um pouquinho: "depois da morte de Franco, os espanhóis vão dizer sim ou não à ditadura".

Improvisada desde sempre

Da minha cama deu para escutar minha avó encostando a cadeira na mesa: você viu que voltaram a falar em greve? Só de estudante. Será que vai começar tudo de novo? A professora já tinha explicado que quando os operários queriam alguma coisa, aumentar o salário, por exemplo, eles protestavam, a produção parava, e isso dava prejuízo. Como os donos não queriam perder dinheiro, acabavam fazendo um acordo com os operários. Isso era greve. Só que agora meus avós falavam de greve de estudante, e estudante não recebe dinheiro para estudar, então eu não estava entendendo nada.

Pisei forte no chão, nenhuma dor na sola do pé, febre também não tinha. Troquei de roupa e, como não ouvi mais ninguém conversando na cozinha, eu me sentei na mesa e cortei o pão com as mãos, forrei com manteiga dos dois lados e fui para o quintal. Por causa das flores, aquilo parecia um jardim descuidado, feito para criar galinhas, secar roupa, enterrar escarros. As formigas se alastravam feito praga, devorando as roseiras que meu avô tinha plantado para disfarçar o marrom triste das cercas de pau. O galinheiro, as plantas, o muro de tijolos sem reboco que ia até a metade do terreno. Dali para a frente a divisa era demarcada por uma cerca improvisada desde sempre. O dinheiro deve ter acabado ali, onde terminava o muro e começava a cerca, feita de estacas de madeira, bambus e restos de troncos finos que meu avô fincou na terra e amarrou com arame farpado. Um dia as solas dos meus pés ficariam como as mãos dele, grossas e fissuradas, por causa do cimento espinhudo na parte do quintal onde eu brincava. Suas mãos grandes torciam o arame e suportavam as lascas da madeira que minha avó extraía depois com uma pinça: você sempre me aparece com farpas.

Uma borboleta de asas amarelas rondou o vidrinho de néctar amarrado na ponta do bambu como isca, um filhote de pardal se aproximou da arapuca, e eu já estava preparada para tirar ele dali. Boa menina, mas nem tanto. Boa menina era o jeito que meu avô se referia a mim. Repetia boa menina, boa menina, trocando a água açucarada do bebedouro do beija-flor, e depois dizia: a vaca transforma em leite a água que bebe, a cobra transforma em veneno a mesma água. Eu ficava com aquilo na cabeça, ia e voltava como o zunido das moscas do galinheiro, porque a única coisa que eu conseguia era transformar água em xixi.

Percebi alguém andando na minha direção. Passos tão mansinhos, só podia ser o Bambino. Sempre chegava como se estivesse entrando num território ameaçado. Por que você sempre chega assim, está com medo de alguma coisa? Isso me irrita, sabia, Bambino? Hoje eu não quero brincar de boneca, falei antes que ele abrisse a boca. Tá, tá bom. Quer brincar aqui?, perguntei com má vontade e nem esperei a resposta. Tirei os sapatos, pisei duro no cimento áspero. Ou prefere lá, perguntei, apontando o fundo do quintal, o galinheiro velho e fedorento, as plantas e os matos, e eu mesma respondi: vamos fazer uma sala de aula com esses caixotes vazios do armazém, me ajuda aqui.

Vou passar uma lição pra você, Bambino, sou a professora. Agora vai ser aula de desenho, pode fazer um... Posso desenhar aquela flor amarela? O hibisco, não, Bambino, muito fácil. Desenha um cavalo. Ele fez uma cara triste e bem contrariada: isso é difícil demais pra mim. Tá bom, então desenha um louva-deus. Não, isso não, mexer com bicho sagrado dá azar. Você tem certeza, Bambino, tem certeza que dá azar? Uhum... até maldição.

O galo escapou do cercado e saiu pelo quintal. Já sei, desenha um pintinho. Ele agarrou o lápis entusiasmado e eu fiquei sentada, esperando que me entregasse a lição. Tem mais dois minutos, Bambino, me empresta seu relógio que eu vou marcar. Não esquece que vai valer nota de novo. Enquanto isso eu fico aqui esperando. Olhei para a frente procurando o galo, tanta liberdade, cabeça erguida, dono de tudo. Quase senti inveja, mesmo sabendo que teria, um dia, o pescoço torcido. Quando isso acontecia, eu tinha que pôr a panela embaixo para escorrer o sangue que depois minha avó cozinhava no caldo da galinha. Bom para reumatismo.

De cabeça erguida e olhos para a frente, agora eu era o galo, alguém tinha que vigiar o quintal. Mas eu estava prestando atenção mesmo era no muro da vizinha, sem olhar diretamente para ele. Ajeitei os óculos, alguém aí? Uma ou duas cabeças, a pontinha do cabelo de um deles tentando me espiar. Será? Estranho que, se eu olhasse diretamente, o contorno do muro era tão reto quanto o arame do varal esticado. E se olhasse de esguelha, coisas apareciam. Bambino, você está vendo alguém espiando ali no muro? Falei baixinho para que não escutassem. Concentrado no desenho, o Bambino mal respondeu. Fui até o pé de hibisco amarelo. De lá, dava para enxergar melhor. Arranquei um e comecei a despetalar uma, duas, a flor inteira, até aparecer a rainha nua. Precisava disfarçar porque eu só queria era prestar atenção no muro. Nem cabeças, nem olhos, nem nada. Estava sem paciência para esperar o desenho ficar pronto, ele não ia mesmo fazer no tempo que eu dei. Fica aí até você terminar, Bambino, vou te dar mais um tempinho porque vi que você está caprichando. Enquanto isso eu vou ver se encontro uma fruta caída no quintal. Os antúrios e seus pistilos, pequenas espigas, bom de passar o dedo. Arranquei um e fui alisando, chegando pertinho do muro onde uma lesma se espichava e, sem saber explicar, foi como se ouvisse a voz do meu avô: "Não vá pra rua quando os moleques estiverem lá. Você é menina, e é pequena". Mas eu não era.

    Compenetrado no pedaço de papel, o Bambino começou a rabiscar por cima do desenho que tinha feito. Terminou? Não, e não quero mais brincar disso. Então eu sou a professora e agora nós vamos fazer uma experiência. Nem deu para começar, minha avó chegou trazendo uma latinha de massa de tomate transformada em panela. Calcei os sapatos antes que ela visse meus pés no chão. Ela passou a mão na cabeça do Bambino como se fosse a mãe dele: que cara amuada é essa, menino? E depois olhou para mim: trouxe a panelinha que seu avô fez ontem pra você. Achei feia, o vermelho escurecia a lata tão pequena e o elefante desenhado nela quase desaparecia. Eu gostei, disse o Bambino, tão perfeitinha por dentro! Tirei da mão dele e examinei com mais cuidado. Verdade, as marteladas que meu avô teve que dar na hora de prender o cabo ficaram invisíveis. Com o lado de dentro todo prateado, ela serviria muito bem para as experiências com pragas e tiriricas. Ele ficou olhando para a latinha do mesmo jeito que olhava para a minha boneca. É minha, Bambino.

    O almoço fica pronto daqui a pouco, minha avó avisou voltando para a cozinha. Se estudasse muito, eu poderia ser uma cientista ou alguma outra coisa que me levasse para longe. Minha professora achava que eu devia, minha avó falava que eu podia e meu avô ficava quieto. Para ele, eu já tinha um destino, aumentar a coleção de borboletas e tomar conta do armazém. Ajustei meus óculos no nariz para procurar as plantas com pragas brancas de patas minúsculas se mexendo, vem cá, Bambino, vou te mostrar. Você já viu neve, floco de neve com patinhas minúsculas? Claro que não, nem você. Então você vai ver agora, tá vendo? Não? Então você precisa usar óculos, Bambino, com meus óculos eu enxergo as patinhas muito bem. Olha essas outras aqui, são maiores, folhas com manchas cor de ferrugem e o cabo infestado dessas bolinhas marrons, tá vendo?, bem escuras, quase pretas. Eu vou inventar um nome difícil pra elas, nome de borboleta. Pega uma e aperta, Bambino. Credo, ele gritou assim que um líquido vermelho espirrou de lá de dentro. Jabuticaba de Sangue. Pronto, já escolhi e é bem fácil.

Expliquei a experiência: primeiro tem que esmagar as folhas junto com essas bolinhas até formar uma papa. Me mostra quando acabar. Se estiver bom, você passa de ano e eu falo o que tem que fazer depois. Agora a gente vai brincar assim, nada de boneca. Nunca mais quero brincar de boneca com você. Ele obedeceu sem reclamar, com a cara um pouco conformada. Por que essa cara de ursinho de pelúcia, Bambino?

Minha avó voltou carregando a bacia de alumínio cheia de roupa para estender no varal. Um arame liso esticado, preso entre duas estacas. O fio na altura de seus olhos, os prendedores de madeira no bolso do avental branco emborrachado. Do saquinho, os prendedores passavam, um a um, de um canto ao outro da boca, e ela repetia tudo com boa vontade e paciência, até conseguir que os vestidos, as calças, camisas e lençóis ficassem bem lisinhos, e só então fixava um prendedor em cada ponta. Depois de pendurar as roupas, ela ergueu o arame com um bambu seco e oco, como são os bambus. Minha avó não se importava se eu colhesse uma flor, às vezes dava vontade de levar uma para ela, mas nunca levei. Lençóis, vestidos e calças suspensas, nenhuma peça podia esbarrar na terra. Ela também tinha força nas mãos e, quando falava, bastava uma vez: entra já, hora do almoço. O Bambino correu atrás dela para se livrar da experiência e porque só pensava em comer o feijão com toucinho e o doce de cidra da minha avó.

Sondei o muro de novo, certeza de que tinha visto pelo menos a pontinha de uma cabeça espionando. Eu não tinha entrado naquela casa depois que eles se mudaram, e nem precisava porque eu sabia muito bem me orientar lá dentro. Então me imaginei sentada no canto do sofá da sala, o sofá de plástico marrom que eu vi sendo retirado do caminhão no dia da mudança. Um homem veio, se deitou com os pés no meu colo e disse: tire as minhas meias. Entendi que ele estava pedindo para eu alisar seus dedos, sola, calcanhar, porque é assim que as mulheres casadas fazem, minha avó fazia, minha mãe também, provavelmente. E então ele me perguntou: sabe o meu nome? Eu não sabia responder e ele foi ficando bravo, cada vez mais indignado, fala meu nome, você tem que saber o meu nome.

A noiva morta

Muito raro a campainha tocar na hora do almoço. Meu avô abriu a porta e a vizinha nova já foi entrando. Quer almoçar? Não, não, obrigada, acabei de comer. Então ela se sentou depressa como se alguém pudesse surgir de repente e roubar o lugar que meu avô ofereceu. A mulher se apressou, como as pessoas que fazem perguntas só para começar a falar: viram o que aconteceu com a noiva ontem à tarde, no meio da tempestade?

A Vila inteira já sabia, os clientes comentaram no armazém a manhã toda, minha avó até acendeu uma vela e prometeu uma novena. A vizinha continuou: muito triste, carregada pela enxurrada, dezessete anos! Caiu na água e o bueiro engoliu o corpo na mesma hora! O capitão da polícia chegou antes do carro de bombeiro, sabe o Capitão? Todo mundo conhecia, eu não era a única criança da Vila que o chamava de padrinho. Sempre que dava, eu fingia que não via nem ele nem o camburão. A mulher dele morreu cedo, nem lembrança dela eu tinha, só sabia que o coração era fraco.

Lá, dentro do bueiro, ela continuou, eles alcançaram primeiro o braço, imagina, aquela coisa estreita, fedorenta, o corpo arrastado no esgoto. A menina saiu morta de dentro da boca-de-lobo. Vai ser enterrada com o vestido que eu fiz. Fazia tempo que ninguém encomendava um vestido de noiva. A mãe lavou o corpo, coisa que eu não ia aguentar. A menina ali, fria, branca e tão limpinha, ajudei como pude. Abotoei o vestido, ajeitei o véu, a grinalda, improvisei um buquê, meia dúzia de rosas. Não me pagaram ainda. A mãe queria que ela fosse enterrada como uma noiva se casando na igreja. Ficou linda mesmo, tiraram até fotografia dela no caixão. Parecia mais a Bela Adormecida que um cadáver. Passei a noite toda lá. Vocês não vão no velório?

A vizinha abriu os olhos azuis, parecia gostar de exibir aquela cor para despejar perguntas em cima da gente: andam falando que o noivo estava do lado e nem se mexeu quando ela caiu, ouviram isso? Também ouvi dizer que os dois brigaram o dia todo, embaixo do aguaceiro e tudo, e até falaram que ele empurrou a noiva, não de propósito, não, isso não. Se bem que na hora da briga essas coisas acontecem, mesmo sem querer, não é? Tá todo mundo falando. Mas a mãe dela nega.

Ninguém respondeu e foi um alívio quando ela fechou a boca. Mas a mulher manteve o olhar fixo na minha avó, pedindo, dessa vez de verdade, que ela reafirmasse: não foi de propósito não, né? Escondendo a má vontade, minha avó acenou com a cabeça. A mulher esperava mais, engoliu seco e se despediu olhando para mim: vou fazer seu vestido quando você se casar. Quem sabe você não vai ser minha nora? Aí eu faço de graça mesmo. Os dois são gêmeos, iguaizinhos, pode escolher. O Uriel ou o Gabriel?

Enfiei a ponta da manga da blusa na boca para não ter que responder. Meu avô engrossou a voz: tenha um bom dia. Ela se despediu e eu saí depressa para o quintal, do jeito que eu estava, de camisola e sem escovar os dentes. Meu avô não gostou, mandou que eu entrasse, o tempo estava carrancudo, ia chover. Eu insisti: estou de sapato, vô, só vou ver se alguma galinha botou ovo. Ainda bem que a chuva ainda não tinha começado e meu avô consentiu: então vai e volta logo.

Fui para o quintal ouvindo a voz da vizinha ainda repetindo na minha orelha: pode escolher, qual deles? Eu precisava ficar descalça de novo, pisar no cimento crespo. Tirei os sapatos, encostei na parede. Raspei a sola do pé com tanta força no cimento que até ardeu. Depois arranquei os matinhos com raiz e tudo, como se estivesse desenterrando uma raiz que crescia dentro de mim. Piquei as folhas com gosto, amassei, até aparecer o líquido no fundo da lata, a xicrinha que meu avô tinha feito para mim. Lá dentro, o sangue do mato que eu tinha acabado de socar. Minha avó abriu a janela do meu quarto: *Se um deles não me quiser, o outro poderá querer/ Nunca mate um louva-deus, só ele vai responder/ Nunca mate um louva-deus, ele vem pra te comer.*

Se aparecesse uma formiga, eu esmagaria ou afogaria na poça de água deixada pela chuva. Disso meu avô ia gostar porque ele odiava formigas. Talvez eu fosse capaz de esmagar qualquer coisa que visse na frente. Ou arrancar as asas de uma borboleta viva, mutilar os hibiscos e os antúrios, jogar uma panela de água fervendo se... teria tanta coragem? Bem ali, no vãozinho, na rachadura do cimento, um louva-deus. Crac.

A árvore das perguntas sem resposta

Minha avó soprou o caldo na colher e meu avô esfriou a sopa fazendo círculos e mais círculos até os feijões dançarem no prato fundo. E explicou que essa roda que não parava de girar era a dança do país onde o pai dele nasceu. Ele mesmo nunca quis aprender porque na Turquia homem tinha que vestir saia para dançar. Graças a Deus nasci no Líbano. Agarrou o copo d'água e partiu o pão que minha avó tinha empurrado para o centro da mesa. Ela gostava de juntar as migalhas da casca com a ponta dos dedos contornando a aspereza do algodão e de erguer montinhos, como se precisasse fazer alguma coisa para não ter que falar entre uma colherada e outra. Tomávamos sopa toda noite, cinco conchas bem cheias para ele, quatro para minha avó e três para mim. Eu podia repetir se quisesse.

Tinha certeza de que meu avô, revirando os grãos do feijão, evocava o pai, o melhor domador de cavalos da Vila, o homem que fazia tiras de couro dos animais mortos que, um dia, ele mesmo havia adestrado, alisado o pelo e cortado a crina até ganhar a confiança do animal. As tiras eram usadas para amansar os potros e castigar os filhos. Acho que era isso que meu avô ficava remoendo, quando amassava com gosto os grãos de feijão no caldo que ia engrossando, engrossando. Eu olhava para minha avó, mas ela não tirava os olhos da sopa. Estava mergulhada lá dentro.

Esvaziei meu prato e fiquei esperando até que eles terminassem. Preferia acompanhar minha avó empurrando as lasquinhas de pão, algumas tão pequenininhas que nem dava para ver, a ouvir meu avô engolindo a sopa pensando no pai dele e me obrigando a imaginar um tubo escuro por onde restos esmagados e pegajosos escorregavam.

Boa noite vó, boa noite vô, posso ir pro meu quarto? Depois de escovar os dentes, como sempre. Fui para o banheiro ouvindo as explicações do meu avô sobre o Líbano, o mar Mediterrâneo, palavra que significa entre as terras, um dia ele ia voltar, mas não para sempre. Minha vó apenas disse: e só Deus sabe quando!

Apertei a pasta me lembrando da aula, de quando chegaram os italianos, os espanhóis, e só depois os libaneses. O trabalho nas fazendas, nas fábricas, os mascates. Os donos das fábricas eram também os donos das casas da Vila, do armazém, da farmácia, do açougue, de tudo, isso foi o que mais me impressionou. O povo ficava devendo para eles e todas as compras eram descontadas do salário, ninguém usava dinheiro. Os industriais controlavam tudo, os encontros, as festas, até a hora em que as crianças podiam brincar nas ruas.

Ainda me lembro do que a professora falou sobre o Bairro dos Pretos que ficava do outro lado da cidade, e que foi formado ainda antes da Vila, com a ajuda de uma mulher que acobertava os pretos fugidos das fazendas. Ela não soube responder se essa mulher era branca, alguém na classe perguntou, e disso eu também nunca me esqueci. Nenhuma fotografia daquele tempo, a professora esclareceu, só se sabia o que as pessoas contavam umas para as outras. Tenho uma lembrança nítida desse momento da aula, das coisas que ela explicava sem tirar os olhos de mim, como se quisesse me revelar um segredo, e não apenas sobre o Bairro dos Pretos. E essa história ficou por um bom tempo chacoalhando na minha cabeça até eu conseguir entender.

Misterioso, aquele era um lugar secreto para mim. Lá viviam os miseráveis, gente amontoada, quinze, vinte pessoas morando numa casa só, vestindo roupas surradas, curtas e apertadas, ou largas demais. Gente que trabalhava o dia todo sem parar, ou que ficava ali encostada, que ia à cidade para arranjar emprego ou pedir comida. Muitos velhos e crianças também. Os que podiam, escapavam. Já a cidade era diferente, lá aconteciam todas as coisas importantes. Passei poucas vezes em frente àquelas casas enormes com dois andares e rodeadas de jardim com muitas plantas e flores, carros grandes e coloridos desfilando pelas ruas, lojas com três, quatro portas de entrada e vitrines com manequins e muitas mercadorias à venda. A nossa Vila não era uma coisa nem outra. Nem miseráveis, nem ricos. O armazém do meu avô só tinha duas portas estreitas e pouca coisa para vender. Os mantimentos, vendidos por quilo, ficavam expostos nos sacos enormes logo na entrada. Na cidade vinha tudo empacotado.

Eu gostava da avenida comprida e larga em que morávamos, do canteiro central formando uma alameda com bancos onde se lia o nome dos doadores, todos com sobrenome italiano. A avenida tinha mais de dois quilômetros, e foi construída em paralelo à linha do trem. O reservatório de água demarcava o início e a estação ferroviária, o fim. Da estação partiam vagões de carga abarrotados de prego, parafuso, peneira, sabão, tecidos de juta ou rami, panos baratos e coloridos, quase tudo o que os operários produziam, dizia minha avó. Meu avô contestava: o trem chegou até aqui pra levar sacas de café, isso sim vale ouro, ouro verde. Eu sabia que café era negócio de fazendeiro e na Vila não morava nenhum. Gente rica, só na cidade.

Entrei no meu quarto com as explicações da professora na cabeça, detalhes de que me lembro como se fosse hoje. Fábricas erguidas entre as duas guerras, operários chegando, construindo casas e fornalhas, montando máquinas, abrindo ruas. Quando eu acordava com o dia começando a clarear, da janela da sala eu via os meninos, poucas mulheres e muitos homens caminhando sonolentos, com o macacão azul escuro ou cinza, em direção às fábricas. Obedeciam aos apitos e acendiam a fumaça das chaminés mais altas do que a torre da igreja. Antes, eu pensava que o sol despontava do mesmo modo que uma lâmpada era ligada, iluminando tudo de uma vez e, assim, instantaneamente, as pessoas ficavam mais radiantes, até que, à tardinha, com a luz se apagando, tudo começava a escurecer. Mas a marcha dos operários quando saíam do trabalho provava o contrário. Com o sol nascendo eles andavam murchos, e quando o sol quase se punha, andavam pelas ruas brincando como moleques, rindo uns com os outros, cantando algumas vezes, sempre falando mais alto, uns entrando nos bares, outros voltando para casa.

A professora também morava na avenida como nós, mas lá no finzinho, perto da estação do trem, aonde eu não podia ir sozinha. Ela sorria dizendo *oiii* assim que entrava no armazém e me via atrás do balcão. Não me tratava como criança e me olhava do jeito que eu imaginava minha mãe olhando. Queria que a minha mãe fosse bonita como a professora, e às vezes queria que a professora fosse minha mãe. Sentia vontade de passar a mão naquele cabelo loiro, liso e comprido. Ela levava a caderneta para o meu avô anotar e assinar depois da compra, e eu ficava imaginando que um dia eu assinaria no lugar dele.

Gostava da professora e de usar óculos na frente dela. Quando começou a dar aula para a minha classe, foi como se tivéssemos convivido desde sempre. Tirei a maior nota logo na primeira redação e ela me deu uma fotografia, um retratinho colorido dela junto com a minha mãe, uma abraçada à outra. Atrás estava escrito "que a gente nunca esqueça este dia". Não tinha assinatura nem data e eu não reconheci a letra. Se minha mãe era assim, tão amiga dela, a professora que devia ter sido minha madrinha. Meus avós não falavam nada sobre ela e nem sobre o meu pai, assunto proibido. Mas, quando ela começou a dar aula para a minha classe, eu não conseguia enxergar minha professora sem pensar na minha mãe, e era esse o nosso jogo secreto: ela gostava de mim como de uma filha e também sabia que eu gostava dela como de uma mãe. Não precisava de nenhuma explicação.

Desconheço até hoje o motivo que me fez voltar para casa depois da aula tão desesperada para ver as fotografias da minha mãe. Alguma lembrança a gente tem que ter e, pensando agora, pode ser que eu estivesse adivinhando o que aconteceria naquela noite. Vontade de tocar imaginando um abraço demorado para descobrir o perfume que ela usava, o morninho na barriga, no peito, saber tudo sobre ela. Achava errado dizer que sentia saudade porque saudade a gente só sente se já viu a pessoa pelo menos uma vez. Só é possível ter certeza sobre uma coisa se essa coisa aconteceu, se for só dentro da cabeça não adianta, porque na minha acontecia muita coisa que ficava presa lá dentro. Também achava que quando a gente sente saudade de alguém é porque ama essa pessoa, e eu não sabia o que sentia pela minha mãe, porque sentir de verdade era um sentimento só, grande e para sempre. E o meu sentimento era muita coisa e tão misturada que nem sabia o nome. Mesmo assim ela estava ali comigo, uma presença me chamando, me cutucando de leve, me apertando às vezes, pedindo que fizesse alguma coisa por ela.

O silêncio sobre meu pai e minha mãe me deixava pendurada na árvore das perguntas sem resposta, meu corpo balançando de um lado para o outro, um galho pesado ameaçando se despregar do tronco. Minha avó cantava *Dio è amore*. Se esta frase fosse verdadeira, então era certo também que amor é Deus, porque tinha aprendido que se "x" é igual a dois, então, dois também é igual a "x". Se Deus é amor e se amor é Deus, amor e Deus são palavras sinônimas. Sinônimo e antônimo, eu gostava de pensar desse jeito, revirando tudo de um lado pra outro, buscando opostos que nunca se juntavam ou coisas que vinham sempre juntas. Mas, se eu jamais seria um anjo porque nem sequer conseguia ver um, do mesmo modo Deus, assim como o amor, devia ser ainda mais difícil de ser alcançado.

*

Abri a gaveta do armário, fiz uma escadinha para alcançar a caixa de fotografias que eu tirava dali quando não tinha ninguém em casa. Meus avós não gostavam, mas também não proibiam. Estiquei a colcha da cama até as rugas desaparecerem, arrumei os retratos em cima, linhas verticais e horizontais, o mais certinho possível, como um jogo de memória, e deixei as figuras para baixo, regra do jogo. Um jogo da memória sem memória, porque eu não sabia quase nada sobre a minha mãe e menos ainda sobre a família dela, a não ser que eram filhos de imigrantes, dois ou três parentes no Brasil, em algum lugar longe da Vila. Da família do meu pai eu não conhecia ninguém, nem tinha ideia de onde moravam, de onde tinham vindo, não sabia nada, nada.

Sem pressa, comecei a desvirar foto por foto. Minha avó, ainda nova, fácil reconhecer. Meu avô bem diferente sem a franja do cabelo, uma família tão pequena. A foto da minha mãe ainda criança de colo, e outra dela menina em pé segurando a mão de dois adultos que só dava para ver as pernas. A única em que ela usava um uniforme de escola bem parecido com o meu, e uma outra em que eu estava sozinha, um pouco enfezada.

Fotografias em preto e branco, serrilhadas nas bordas, minhas preferidas. Passei a unha sem machucar o papel, as pontinhas duras fazendo cosquinha no dedo. A foto que ganhei da professora, minha mãe abraçada com ela, uma rindo para a outra, vestido curto, cabelo comprido. No muro em que estavam encostadas estava escrito alguma coisa que eu não conseguia entender. Dava para ler "abai" e "ditadu". As palavras estavam interrompidas, escondidas atrás do corpo da minha mãe encostado no muro. Naquela hora, remexendo tudo de novo, percebi que o único homem que aparecia nelas era o meu avô. O único homem, por quê? E eu quase ouvi a voz dele respondendo: homens desaparecem depois que os filhos nascem. Não vê aqui na Vila? Nunca estão por perto de verdade, exceto os velhos que já ficaram avós. Concluí que, se fosse mesmo assim, quando eu tivesse um filho, meu pai apareceria porque teria virado avô.

Meu avô tossia e escarrava quando tinha que falar sobre meu pai: família é tudo sempre nas costas de avô e avó. Um ressentimento encravado na garganta, tossia e esbravejava ao mesmo tempo, até despencar nos vizinhos, ninguém mais tem pai em casa, aqui na Vila é só mulher largada. É igual à aldeia sem homens onde meu pai nasceu. A diferença é que aqui os homens somem quando engravidam as mulheres, e lá, na Turquia, desapareciam na guerra. Da minha mãe, ele quase não falava. Nem da professora.

A chuva varou a noite, adormeci ouvindo um som contínuo, uma música bem conhecida de água pingando. Parecia tão perto, ali do lado da cama, mas, lá fora, a chuvarada e os trovões confundiam tudo. Acordei assustada, um pingo mais alto e outro mais perto ainda, só que agora era de verdade. Coloquei os óculos e fui me aproximando até perceber que o líquido escorria pela porta do guarda-roupa. A água vinha do alçapão que ficava bem em cima do armário onde eu guardava a caixa de fotografias. Precisava abrir as gavetas para fazer a escadinha de novo. A porta estava bem fechada, acendi a luz. Agarrei a caixa encharcada achando que a culpa foi minha, não tampei direito, a água entrou. As fotos meladas, manchadas, grudadas uma na outra.

    Fui atrás de uma vasilha para deixar embaixo da água que ainda escorria. Sentada na cama, abri a gaveta da mesa de cabeceira e peguei o retrato da minha mãe que eu guardava ali mais perto de mim. Apertei com as duas mãos, como se fosse um abraço, vontade de não soltar mais, de colar no meu corpo aquele retrato, o único que sobrou.

Pelo escuro no braço

A senhora já ajeitou tudo na casa? Ah, já, a costureira respondeu para o meu avô, com dois meninos pra ajudar fica mais fácil arrastar as tranqueiras. Ela percebeu que eu estava atrás do balcão do armazém e antes que eu abrisse a boca, meu avô comentou sobre meus exames médicos e explicou meu problema de reumatismo. Tive vontade de me esconder atrás do balcão, mas sabia que ele precisava puxar conversa para manter a freguesia. A mulher deu dois tapinhas na minha cabeça, meu avô ofereceu uma fatia da mortadela que estava cortando para outro cliente. Eu peguei a minha, ninguém recusava, mas ela disse não, muito apressada, olhando para o relógio, e saiu agarrada ao litro de leite sem pagar: tão novinha e já com reumatismo, vou levar um bolo pra você hoje mesmo. Tudo isso ele repetiu para a minha avó, na minha frente, na hora do almoço, acrescentando que, no final, a vizinha disse que conhecia uma benzedeira muito boa. Minha avó largou o avental nas costas da cadeira: quem não conhece benzedeira aqui na Vila? Essa mulher quer dar notícia de tudo.

Quando a campainha tocou, no início da noite, meu avô se adiantou achando que fosse a vizinha. Ele se enganou, eram os gêmeos: a mãe pediu pra entregar isso. Ele recebeu o bolo e disse obrigado, entrem. Na cozinha, ofereceu as cadeiras fazendo questão de mostrar que eram pesadas e, logo que nos sentamos, meu avô saiu carregando a xícara de café em direção à sala, precisava conferir etiquetas, começar o preparo da borboleta nova que tinha acabado de chegar. Ele disse isso, mas eu não tinha visto nenhuma borboleta chegando. Aceitam leite quente com chocolate? Sem ouvir a resposta, minha avó pegou duas canecas. Os gêmeos ali, tão perto de mim, um ao meu lado e o outro bem na frente, poderia ser a minha chance e eu sem coragem de levantar os olhos para tentar descobrir qual deles tinha cuspido naquele dia.

Minha avó assoprou dentro da leiteira, tirou a nata com a colher e dissolveu o pó no leite: Uriel e Gabriel, nomes de anjo. Como a gente faz pra saber se é um ou se é o outro? Um deles respondeu que nem a mãe conseguia. Os meninos se olharam agitando as pernas. Recusaram a bolacha, o bolo que trouxeram, aceitaram o chocolate. Ela continuou lavando a louça do jantar. Quando fazia uma pergunta, eles mal respondiam. Sua mãe está boa? Tá.

O menino sentado ao meu lado começou a mexer no shorts, provavelmente no bolso, só podia ser. Ele disfarçou, roçando a barra da toalha, quando minha avó se aproximou: acabou a bagunça da mudança? Já. Tudo pronto na casa? Tá. Minha avó desistiu e continuou guardando a louça. Ele voltou a mexer no shorts, e parecia ter agarrado alguma coisa lá dentro.

Olhei pra minha avó com medo de estalar a cadeira, mas precisava saber o que tinha ali. Sem que ela percebesse, ele tirou de dentro do bolso uma caixinha de fósforos amarrada com barbante e deixou bem na minha frente, meio escondida, camuflada no pano de prato. Para minha avó não ver, pensei. E também pensei que ele queria me mostrar que já tinha pelo no braço, porque ficou com ele esticado sobre a mesa. O menino apontou o dedo para a caixinha e depois para mim. Hesitei, mas foi como se eu tivesse que cumprir uma ordem, e eu não queria que minha avó visse. Cobri a caixa de fósforos com o pano de prato e, bem devagarzinho, sem que ela notasse, escondi no meio das minhas pernas. Então olhei, buscando um sinal de que sim, era ele, já que estava me dando um presente, era ele quem tinha me visto naquela noite. Fiquei esperando uma confirmação, um aceno mínimo que fosse. Ele continuava impassível como o irmão. Pareciam estátuas, estátuas que balançam as pernas de dois em dois minutos.

Minha avó cantou baixinho *Non innamorarti di un paio di occhi che promettono vendetta*. Dessa vez entendi e eles também devem ter entendido, já que a maior parte da Vila era descendente de italiano e a mãe deles tinha olhos azuis. Assim que a minha avó lavou e devolveu o prato que eles tinham trazido com o bolo, os dois agradeceram o chocolate e saíram pelo corredor. Meu avô pigarreou ao abrir a porta da sala dizendo boa-noite. Fecharam o portão sem responder.

Entrei no meu quarto com a caixinha enfiada embaixo da blusa, enquanto minha avó passava pano no chão, arrastando as cadeiras. Encostei a porta, disse que era por causa do barulho, estou morta de sono, vó. Embaixo do travesseiro, com muito cuidado para não entortar, era ali que a caixa ficaria até que todas as lâmpadas da casa se apagassem e eu pudesse, então, ver o que tinha dentro. Um anel, uma flor, um bilhetinho, podia ser. Assim que minha avó apagou a luz da cozinha e depois a do banheiro, a luz de fora foi chegando aos poucos pelas frestas da janela fechada. Com o silêncio e com o escuro a gente se acostuma, e o costume é importante até pra domar cavalos, meu avô dizia. O bicho vai se habituando depois de um tempo que você passa com ele, do mesmo jeito que os olhos aceitam o escuro e conseguem enxergar sem precisar de luz. Talvez a lua ficasse mais viva e luminosa depois dos dias de chuva. Já dava para ver o armário encostado na parede. Os veios e os nós do pinho um pouco mais nítidos, a tábua de passar roupa, a mesinha de cabeceira. Para a minha avó, o luar deixava tudo prateado mas eu não sabia que cor era aquela. A prata brilha e ali estava tudo meio esfumaçado.

Ajeitei os óculos e apanhei a caixinha. Fui me aproximando da luz que entrava pelas frestas da janela. Agora, mais perto, deu para ver bem: um louva-deus! Daquele tamanho eu nunca tinha visto, um filhotinho. Fechei depressa, rezando para que ele não estivesse morto. Dois louva-deus mortos em tão pouco tempo seria o dobro de azar. Abri de novo a tampa um tantinho, podia jurar que ele tinha se mexido. Depois ficou quieto como se dormisse. Melhor nem pensar, fechei de novo e amarrei do jeito que estava. Nó frouxo no barbante.

A caixa de fósforos fechada com o inseto dentro começou a me dar aflição, precisava ressuscitá-lo ou não deixar que morresse, tão pequeninho. Em cima da mesa de cabeceira seria um bom lugar, mas, e se ele sentisse sede? Fui até o banheiro e deixei a caixinha aberta embaixo do armário da pia, perto da água empoçada que sempre tinha ali no canto do chão, até me dar conta de que eu estava parecendo uma criancinha amedrontada, imaginando meus avós acordando no meio da noite, abrindo a porta do banheiro e dando de cara com o inseto. Que ideia! Saí do banheiro levando a caixa de fósforo comigo. Como a porta do meu quarto dava direto na cozinha, deixei um pouco aberta, já que o louva-deus podia ter fome e eu não sabia o que ele gostava de comer. O que estava acontecendo comigo? Eu não tinha mais cinco, seis anos de idade!

O barulho de chinelos, os passos mais curtos e rápidos da minha avó. Espiou dentro do quarto e depois fechou a porta. Fingi que dormia, embora estivesse bem desperta, pensando no louva-deus e nas borboletas, nas caixas que meu avô mesmo fazia para a sua coleção. Pintava de branco depois que esculpia um vão na madeira, como o avesso do trilho do trem por onde a tampa de vidro deslizava. Agora eu também tinha um inseto numa caixa, numa caixa de fósforos amarrada e escondida. Medo de que meus avós descobrissem, e pior, da maldição que podia cair sobre a nossa casa. O jeito era mantê-lo vivo porque, se eu salvasse um louva-deus da morte, o outro que esmaguei com a sola do pé poderia me perdoar. Jogo empatado, zero a zero. E me lembrei da música: *Se um deles não me quiser, o outro poderá querer/ Nunca mate um louva-deus, ele vai te responder/ Nunca mate um louva-deus, ele vem pra te comer.*

Foi nessa hora que percebi que os gêmeos podiam ter ouvido aquela música e que minha casa não era tão silenciosa assim.

Cegonha Branca

O armazém do meu avô era estreito e um pouco escuro porque não tinha janela, era difícil passar pelas portas com o guarda-chuva aberto e, por falta de espaço nas laterais, as prateleiras subiam pelas paredes atrás do balcão. O armazém tinha um cheiro um pouco azedo das sacas de farinha, mas também um pouco doce, do milho e do arroz. Eu enfiava a mão dentro de cada saca pensando encontrar um tesouro, gostava de sentir os grãozinhos esfriando minha pele, o braço mergulhado até o cotovelo, depois subir com um punhado e deixar que os grãos escorregassem entre os dedos e voltassem a ficar quietos dentro das sacas. O brilho e a cor do milho, as casquinhas quase transparentes que se desprendiam e voavam soltas no ar, até caírem de volta.

Mesmo sentada na banqueta atrás do balcão, dava para ver a casa da frente. A dona tinha uma filha mais velha do que eu e fazia doces para fora. Eu gostava da mãe e detestava a filha. Muito comprida, branca e magra, inventei um nome secreto para ela, Cegonha Branca.

A Cegonha Branca entrava no armazém assim que me via lá, e fazia toda vez do mesmo jeito. Pedia um chiclete e eu entregava rápido para ela ir embora logo. Aí ela apontava para o litro de óleo ou de vinagre, uma lata de ervilhas ou outro mantimento que ficasse no alto da prateleira e que eu tivesse que subir na banqueta para alcançar. A Cegonha reparava nos meus pés mal equilibrados, meu corpo se esticando até conseguir encostar a ponta dos dedos na mercadoria e só depois, com muito esforço, agarrar com as mãos. Descia mostrando meu domínio e, assim que pisava no chão aliviada, ela balançava a cabeça de um lado para o outro: não é esse, não, é aquele ali, ó. Eu forçava a voz para esconder minha irritação: você tinha falado este aqui, lembra? Então ela apontava o dedo para outro produto qualquer, e eu era obrigada a arrastar a banqueta mais uma vez, até ficar rente à prateleira. Subia com cuidado para não cair e ela rir de mim. Ah, não, é o outro mesmo, desculpinha! Ela falava assim: desculpinha! E eu tinha que fazer tudo de novo.

Naquela manhã, eu já ia descendo da banqueta com a lata de salsicha que ela tinha acabado de pedir. A Cegonha guardou o chiclete no bolso e correu em direção à porta do armazém: vou perguntar pra minha mãe se é essa marca mesmo, espera aí. Saiu sem pagar o chiclete. Anotei no papel de pão e mostrei para o meu avô. Sentada, comecei a desenhar uma cobra coberta de penas no lugar de escamas que subiam formando duas asas, sem saber de onde vinha essa ideia. A Cegonha voltou interrompendo meu desenho: a salsicha é essa mesmo, e a minha mãe quer azeite também, o da lata amarela, lá em cima, na última prateleira. Tirou o chiclete do bolso, abriu a caixinha, esvaziou na boca de uma vez só, olhando para os meus óculos. Começou a mastigar devagar abrindo o bocão e juntando cuspe nos cantos. Aquilo me deu mais nojo do que quando um líquido amarelado escorria entre os pelos do nariz do meu avô. Então ela abriu a boca o máximo que pôde, para mascar mais alto ainda. Eu nunca sabia se as pessoas estavam olhando para mim ou para os meus óculos. Mas a Cegonha Branca, eu sabia. Ela olhava para os meus óculos porque tinha certeza de que eu não gostava deles. E, assim que percebia que eu tinha descoberto exatamente para onde ela estava olhando, desviava o olhar para o meu cabelo, pelo mesmo motivo.

A Cegonha chegou mais perto para cochichar: você viu a família que se mudou pra Vila? Sabia que eles são evangélicos? E que eles são pretos? Minha mãe contou que até agora nenhuma família preta tinha vindo morar aqui. Família preta, preta mesmo, a mãe falou preta *mesmo*, a família *inteirinha* preta. Ouvi a cadeira riscando o chão com força, meu avô se aproximou para perguntar se a mãe dela tinha pedido para comprar mais alguma coisa. Ela esticou as asas: o senhor vai vender fiado pra eles? Eles são pretos! E, dessa vez, olhou para meus olhos e não para os meus óculos, como se tivesse falado para mim.

Meu avô respondeu que dinheiro não tinha cor, mas ela parecia querer contestar: é, só que todo mundo fala que preto não paga conta. Meu avô fez uma expressão de *cala a boca*, e nem assim ela se intimidou: minha mãe que fala isso, eu não entendo dessas coisas. Meu avô continuou observando para ver até onde a Cegonha ia chegar, ele tinha mais paciência com os outros do que comigo. Bom, já que é advogado, ela continuou, vai ter dinheiro pra pagar. Tem gente de pele escura, escurinha mesmo, e que tudo bem. Mas a maioria, né... É a mãe que fala, sei lá, ela me contou que a mãe da noiva que morreu no bueiro é um pouco escura, não é preta, preta *mesmo*. E a filha, né, a pele era branca. Ninguém quis pagar os doces do casamento, mas, por acaso a minha mãe tem culpa se a filha dela morreu carregada pela enxurrada?

Meu avô não escondeu a braveza: o pai da noiva é branco, não é? Pois ele devia pagar, ora essa! A Cegonha esticou o pescoço: ele nem mora mais na Vila. Meu avô respondeu mais baixo, com voz de autoridade: ainda assim ele é o pai, ele é pai do mesmo jeito que a sua mãe jamais vai deixar de ser sua mãe. A Cegonha soprou uma bola e veio para o meu lado, soprando, soprando, para estourar na minha cara: ah, isso eu não sei, não ligo pra cor das pessoas. Nem pisquei e, para se vingar, ela escancarou a boca de novo. Os dentes de trás enfiados na massa jogada de um canto ao outro, a gosma plástica empalidecendo. Ela queria mesmo era continuar a história: tem mais uma coisa, né, além de preto, eles são evangélicos. Igreja de gente ignorante, minha mãe sempre fala. Ela não se conforma, a família veio pro Brasil porque era um país católico, mas agora...

    Vô, posso ir pra casa? Tenho que ajudar a vó na cozinha. Vai, vai sim, também estou indo. A Cegonha Branca agarrou a latinha de azeite e cochichou: você já viu os gêmeos, né? Qual você achou mais bonito? Não respondi e ela se virou para ir embora como se não esperasse resposta nenhuma mesmo e quisesse me cutucar. Ajudei meu avô a guardar as mercadorias que ela pediu e não levou.

Para manter o corpo inteiro

Vem cá, vem ver as duas borboletas que acabaram de chegar, sabe o nome delas? Essa aqui é a Mariposa Caveira. Olha aqui, o dorso lembra uma caveira. Essa outra, chega mais perto, presta atenção que você vai descobrir. Adivinhou o nome? Alguma coisa nela me assustou mais do que a outra. Olhos de Coruja, ele disse, consegue ver um olho em cada asa? Sim, eu conseguia, e eles me lembraram as manchas dos seus cotovelos. Só que na borboleta os olhos eram pretos, e no meu avô eram roxas, quase marrons.

Quinze caixas retangulares de madeira pintadas de branco e com tampa de vidro. Sem contar a tampa de vidro, elas eram parecidas com o meu estojo escolar que ele mesmo fez. Cada uma com uma bolinha de naftalina dentro, empilhada na estante da sala, três fileiras de cinco. As últimas eu só alcançava se ficasse na ponta dos pés. Meu avô gostava de conferir cada caixa do mesmo jeito que minha avó gostava de conferir meu estojo: meia dúzia de lápis de cor, borracha, apontador, dois lápis grafite, duas canetas esferográficas, uma azul, outra vermelha e a régua. Nada faltando.

Encarei de novo os dois olhos arregalados e escuros, desenhados como rabiscos de caverna, na parte de baixo de cada asa. Sabe o que ela come quando ainda é uma lagarta? Acenei que não com a cabeça para que ele continuasse a falar: frutas podres, excremento de bicho, tanto faz, até de humanos, ou o néctar de flores e o suor da nossa pele. Imagina?

E eu tinha que imaginar porque ele continuava me encarando com olhos de coruja. Você sabe do que se alimentam depois que criam asas? Não. E ele explicou: nada, absolutamente nada, não comem nada porque vivem de tudo o que comeram quando ainda eram lagartas. Vivem só noventa dias... vida breve, muito breve. Me assustei com sua voz embargada, parecia falar para alguém que pudesse ouvi-lo do Céu. Bela, todas belas, ele repetiu fechando as caixas, pena que vivem pouco. Pior são as efemérides, já viu uma? Vinte e quatro horas, é esse o tempo que elas duram.

Abriu de novo o vidrinho de éter, e dessa vez eu fui chegando perto, até tirei os óculos para sentir melhor o cheiro. Meu avô se levantou para pegar outra caixa e eu enfiei quase todo o meu nariz lá dentro. Respirei o mais fundo que pude e guardei o cheiro do éter nos dois pulmões. A cabeça amolecendo, o corpo amolecendo, até as borboletas não me incomodarem mais. Imaginei asas batendo, voando, ressuscitadas, saindo das caixas, passando pela janela sem que meu avô se desse conta. Ele se sentou de novo ao meu lado para explicar a forma das asas e me fazer repetir *triangulares*, e eu tinha que buscar um triângulo em cada uma delas. Ele queria mesmo era fazer coleção de asas, mas para isso tinha que manter o corpo inteiro. Com a voz enroscada na garganta, ele me contou que as borboletas Olhos de Coruja espantam predadores com seus dois olhos enormes e arregalados. Com esse olhão, a borboleta parece um animal maior e mais perigoso do que realmente é. E eu não conseguia deixar de pensar nos olhos-cotovelos quando via as asas da borboleta. Os primeiros encarando predadores e os segundos me vigiando de costas. Nenhuma borboleta é igual à outra, ele continuou, as asas são como nossa impressão digital.

O vidro para matar borboletas, sempre limpo e seco, meu avô chamava de recipiente. Ele fazia uma caminha de algodão para elas no fundo do vidro e eu achava um nome muito bonito para sustentar uma coisa morta. Antes de enfiar o algodão lá dentro, ele desenhou um círculo no papelão, depois recortou com a tesoura de costura. Por fim, o algodão e as gotas de éter. Vidro fechado. Mesmo sem raspar a garganta ou assoar o nariz, sua voz ia desengrossando aos poucos e ele fazia tudo isso sem óculos, vista perfeita. Minha avó também não precisava, nem para costurar nem para bordar. Passava a linha pelo buraco da agulha logo na primeira tentativa, coisa que eu, mesmo de óculos, nem arriscava.

Depois de destampado o éter, eu sentia que podia fazer perguntas, e fazia, mesmo que ele fingisse não escutar ou que as respostas fossem curtas. Vô, o senhor ajudava seu pai a adestrar os cavalos? Não ajudava não, eu só juntava a merda deles e depois fazia o esterco. Seria ruim se a conversa terminasse com a cara do meu avô se fechando. Eu queria saber da minha mãe, sempre queria, e sobre isso ele não falava quase nada. Então, fiz outra pergunta: seu pai foi domador de cavalos a vida inteira? Ele respondeu: não, no fim da vida ele virou abatedor de cavalos. Não sei explicar, vi o chicote do meu bisavô castigando os filhos e não perguntei o que fazia exatamente um abatedor de cavalos. Dava bem para imaginar.

Às vezes uma borboleta demora mais tempo para morrer do que a outra, mas não tanto como algumas espécies de besouro que chegam a demorar mais de vinte e quatro horas pra morrer. Acredita? Ele morre aos poucos, lentamente, e mesmo depois de morto, mexe as patas até o dia seguinte. Enquanto ele falava, me lembrei do louva-deus. E se ele também fosse assim? Eu não tinha conseguido achar a caixinha e já estava esperando o pior. Mas meu avô parecia cada vez mais paciente: algumas borboletas se debatem até quebrar a asa, e aí não têm jeito, tem que ser descartadas, vão parar no lixo. Ele falava como se fosse um grande ensinamento, ou estivesse me entregando um presente tão desejado quanto a caixa de jogos com três tabuleiros coloridos que a vizinha da frente deu para a filha no último Natal. Só o Bambino gostava de ouvir as explicações sobre borboletas e ficava abanando a cabeça para tudo o que meu avô dizia. Que a minha avó não gostava da coleção de borboletas era muito claro para mim. Eu dizia que gostava por causa das cores, especialmente das asas azuis cintilantes, que para o meu avô eram comuns e não mereciam tanta admiração. Não era apenas dó, as borboletas me davam aflição, como a aflição do louva-deus enfiado na caixa de fósforos. Um dia as borboletas mortas seriam minhas. Tudo isso vai ser seu, ele dizia, e eu tinha que aprender como fazer, mesmo sem nunca ter perguntado se eu queria.

Vô, por que o senhor mata as borboletas? Temi que ele fechasse a cara, ainda que o assunto não fosse o pai dele, mas não, respondeu com calma dessa vez: quando uma borboleta morre, seu corpo desaparece na natureza em menos de uma semana. Outros insetos se aproximam e devoram tudo, o sol seca o corpo todo, o vento vai desprendendo as asas, que ficam batendo de um lado para o outro até se despedaçarem, e então as asas se desfazem, somem. Aqui, com essa proteção que eu faço, elas podem durar muitos anos. Prolongo sua existência. Comigo, aqui, elas duram mais.

Achei a explicação muito bonita, parecia meu livro de ciências, às vezes meu avô falava como um professor. Talvez eu pudesse fazer o mesmo com o louva-deus, como um tipo de homenagem ao bichinho e também porque isso poderia me livrar da punição. Mas quando abri a gaveta da mesinha de cabeceira, não encontrei a caixinha.

Caminha de algodão

Quando teve certeza de que minha avó esfregava a esponja no fundo da panela, ele limpou o nariz na manga da camisa: acho que a vizinha da frente vem fazer uma visita, ficou de confirmar depois. A doceira faz bolos mais gostosos do que os meus, bem mais, então, melhor oferecer um café ou uma limonada com bolacha salgada de pacote. E tá muito bom, nem precisa fazer nada, meu avô confirmou, ela já saiu ganhando. Ganhando o quê? Não entendi. Ganhando a conta do mês inteiro no armazém em troca de doce. Minha avó ergueu a cabeça como se perguntasse o porquê.

Ele se sentou com uma cara sem-graça: a noiva morta no bueiro tinha encomendado os doces da festa há mais de um mês, e a vizinha já tinha comprado os ingredientes no armazém, tudo fiado, na caderneta. Ela disse que, como já tinha aberto os pacotes e as latas, não podia devolver. Por azar, a noiva morreu bem na véspera. A vizinha pediu à família que pagasse ao menos os ingredientes porque não podia arcar com o prejuízo. Nem assim... Minha avó fez cara amarrada e ele acelerou a história: aí ela me perguntou se eu aceitava trocar doces por arroz, feijão, queijo ou lataria. Doce não estraga fácil, ela queria me convencer, demora um bocado, e vende rapidinho. Não posso, faria se pudesse, e pior, nem tenho onde guardar. Os doces podem ficar em cima do balcão mesmo, vão até enfeitar o armazém, ficou insistindo.

Eu disse que ia pensar e ela contou que pediu a mesma coisa pro açougueiro, e que ele já tinha aceitado. Só pra ajudar. Então, acabei aceitando também.

O açougueiro era o único morador da Vila que eu nunca vi entrando no armazém nem para comprar pão. Em casa, quando alguém se referia a ele, meu avô emudecia para esconder o nervosismo. Ele pode arcar com o prejuízo, minha vó falou, porque de venda e bar a Vila está cheia, e casa de carnes só tem uma. Meu avô quis corrigir: não sei por que essa mania de chamar açougue de casa de carnes. Só se for casa de carne de bicho morto. Minha avó se irritou: você mata borboletas. Mas não pra comer, ele respondeu. Ela ergueu as sobrancelhas e a voz: seu pai matava cavalo velho e depois comia.

Meu avô não respondeu e minha avó pediu que eu colocasse os pratos na mesa. Minha avó fazia sopa todo dia e meu avô fazia coleção de borboletas desde que nasci. Podia ser que ela sentisse dó e rezasse pelas borboletas quando se trancava no quarto antes que meu avô chegasse porque se ele começasse a pigarrear e tossir enquanto ela rezava, minha avó ficava brava com ele. E quando queria agradar, ele trazia alguma coisa especial do armazém para ela preparar na cozinha. E se minha avó quisesse agradar meu avô, caprichava no *kebab*, e se quisesse agradar mais ainda, se sentava bem devagar ao lado dele no sofá e deixava que ele pusesse os pés no colo dela. Então tirava suas meias pretas para massagear os pés e sorria para ele, sem perceber que eu achava nojento.

Três pratos, três copos de água, a colher de cada um, o pão no centro da mesa. A mesma toalha de saco de farinha alvejado e depois tingido de verde ou azul, com barrado de crochê que parecia uma plantação de repolhos. A vizinha da frente era boa com as mãos e ensinou à minha avó um ponto difícil e retorcido, igual a uma flor desabrochando, ela dizia. Eu achava que parecia um repolho. Se ela pensava assim, devia achar que tudo em volta era bonito. Mas eu sabia que não era, nem precisava dos óculos para ver.

Meu avô puxou a cadeira se dizendo preocupado porque a Vila tinha voltado a falar em greve. Minha avó esfregou as mãos no avental: nas fábricas? Não, não é não, operário agora está acomodado, é greve de estudante. Mas que fique lá pro lado da cidade porque se ameaçar chegar até aqui, greve de operário eles não vão tolerar. A conversa acabou aí e eu fiquei tentando decifrar aquele silêncio. Se greve era aquilo que a professora tinha contado, não podia ser ruim. Talvez a cara fechada dos dois pudesse ser por minha causa, podia ser que eles tivessem descoberto a caixinha com o louva-deus. Meus avós podiam estar pensando que matei e depois escondi o bichinho na caixa de fósforos por medo do castigo.

Sentada em frente ao prato, eu buscava alguma coisa que pudesse me livrar desse pensamento, mas na cozinha tudo era velho e escuro, consertado, emendado ou remendado várias vezes, e sem graça, como todo o resto da nossa casa. Será que era por isso que eu tinha tanto sonho ruim com uma casa abandonada? Tapete de tiras compradas como retalhos e sobras de fábrica, imagens empoeiradas de santos tristes nas paredes, espelhos e vidros lascados na ponta, manchas de vazamento na parede do corredor, e se chovesse muito forte, como na semana passada, a casa toda gotejava e tínhamos que correr, botar panelas e baldes embaixo de onde a água caía, e ver as manchas pretas se expandindo. Tomei a sopa sem fazer barulho, meu corpo quente e mole. Acho que estou com febre, posso sair da mesa? Ela passou a mão na minha testa: vai, bela, mas febre você não tem não.

Deitada na cama, fechei os olhos antes que perguntassem sobre a caixinha e o louva-deus morto lá dentro. Não iam acreditar que não tinha sido eu. Se eu falasse que foi um dos gêmeos e eles perguntassem qual deles, eu não saberia.

Me lembrei da surra do no ano passado, só porque escondi meu boletim para que não vissem a nota vermelha de matemática. A surra e a caixa com o louva-deus não saíam da minha cabeça, nem os braços em cima da mesa, pelos que crianças não têm. Eu tentava dormir mas fechar os olhos por muito tempo eu não conseguia. Meu quarto era um retângulo estreito, pouco maior que o corredor, com cheiro de saco de farinha. Os sacos eram alvejados na bacia e quaravam por três dias até ficarem completamente brancos. Minha avó fazia lençóis e toalhas com eles. Naquela noite, o lençol pinicava tanto que eu não conseguia ficar parada. Meu corpo coçava, minhas pernas, braços e barriga. Lençol de algodão puro, meu avô falava. Se fosse mesmo, assim como as borboletas, eu também tinha uma caminha de algodão.

Cheiro de naftalina

Rrrrrrrrrrrrrrrrrrr... três bolinhas de naftalina rolaram para o fundo da gaveta. Quem tinha colocado ali? Elástico de cabelo, gibi sem capa, batom transparente que eu comprei escondido com as moedinhas que juntei no armazém, saquinhos coloridos de chincha, lápis de cor, meu livro de catecismo. Mas eu só queria a fotografia da minha mãe. Mania que eu tinha de acreditar que a fotografia ia me revelar um segredo. Alisei o cabelo dela com a pontinha do dedo, contornei a cabeça devagar. Cabelo loiro como o da professora, bem diferente do meu, preto e retorcido. Minha avó falava que era difícil de ajeitar, melhor viver de cabelo amarrado, bem preso, e sempre passar o pente pra tirar os nós antes que secasse, senão depois... Ela me olhava sem terminar a frase, passando o óleo nos fios. Às vezes tinha medo de que ela completasse a frase com alguma palavra ruim.

Na fotografia, a única que sobrou, minha mãe segurava um copo. Um copo comum, como os de geleia. Ela não parecia ser muito alta, pelo encosto da cadeira do lado dava para comparar. O rosto, os ombros, a blusa verde decotada, a pele bem branca e sem nenhuma ruga, diferente dos risquinhos e pintas que cobriam os braços e o rosto da minha avó. Também dava para ver outro copo quase cheio em cima da mesa, que devia ser da pessoa que tirou a foto. Não estava triste, mas sorrindo também não estava. Às vezes parecia ter um brinco na orelha, às vezes achava que era uma mecha mais dourada do cabelo. Atrás dela três outras mesas, com cadeiras vazias, encardidas e velhas como panos de prato. Em cima de cada uma, dava para ver uma cestinha com bisnaga de ketchup e outra de mostarda, além do saleiro de plástico igual aos que ficavam em cima das mesas da quermesse da igreja, que sempre pareciam um pouco sujos.

Precisava terminar a lição. Tchau, mãe, encostei a boca no rosto dela, mas o estalo não saiu. Como se tivesse que protegê-la, esvaziei um cantinho da gaveta para guardar a fotografia. Então vi, escondida, bem no fundo, a caixa de fósforo que eu jurava que tivesse sumido. Puxei a gaveta para abrir ao máximo, as bolinhas de naftalina rolaram de novo. Apanhei a caixa e desatei o nó bem devagar. O louva-deus encolhido, sequinho, bem morto, mortinho, duro como as borboletas espetadas do meu avô. Guardei embaixo do gibi, fechei a gaveta depressa, aliviada por meus avós não terem encontrado a caixa com o bicho dentro. Ou encontraram e por isso as três bolinhas?

*

A campainha tocou e, naquela hora, só podia ser o Bambino. Eu estava arrependida por ter dito que não ia mais emprestar minha boneca, sendo que eu sabia que ele gostava tanto. Pensei numa solução. Assim que ele chegasse, o jogo de damas já estaria montado em cima da cama, pedras pretas para ele, brancas para mim. Abri o armário, fechei a boneca lá dentro, atrás do cobertor.

Já ia falar oi para o Bambino, quando a voz de uma mulher foi mais rápida: vim trazer os doces, seu avô contou? Minha filha também veio pra brincar com você. A doceira foi empurrando a Cegonha Branca para dentro de casa, e ela entrou esticando o pescoço comprido sem dizer oi e, quando viu as caixas de borboletas, virou o rosto com cara de nojo. Passamos pelo corredor e chegamos na cozinha, onde minha avó sempre recebia as visitas que vinham à nossa casa, cozinha é o lugar da comida e as pessoas só pensam em comer e beber. Nesse ponto, meus avós nunca discordaram.

Agradecendo os doces, minha avó encheu quatro copos com limonada, abriu o pacote de bolacha salgada, retirou uma a uma até preencher a tigelinha de vidro redonda e entalhada de bicos que só usava para as visitas, combinando com os copos. Quanto capricho, a vizinha falou, mordendo a bolacha. A Cegonha pegou outra agradecendo, muito obrigada, coisa que ela nunca falou no armazém. Minha avó quis agradar, sorriu para ela e depois para mim: leva a amiga pra brincar no seu quarto, bela. Apertei meus olhos de raiva.

A Cegonha Branca se levantou sem pressa e foi entrando no meu quarto com cara de dona, o pescoço ainda mais esticado, disfarçando ser o galo do quintal, se bem que mais parecia um urubu albino. Sentada na cama, ela desprezou o jogo de tabuleiro como se nem tivesse visto, só porque tinha um maior. Cruzou as pernas compridas e brancas, seus joelhos pontudos, e eu vi as duas marcas de bainha na saia dela. Minha avó também fazia isso com os meus vestidos. Conforme eu ia crescendo, descia um ou dois dedos. Ficamos quietas. Ela espichou os braços para cima levantando o vestido e quase deu para ver a calcinha. Depois se levantou, espiou o quintal debruçada na janela e então, voltando-se para mim, tirou o chiclete do bolso do vestido, abriu bem a boca e jogou lá dentro, sem perguntar se eu queria, como sempre fez. Respirou fundo para dizer que o lençol era de saco de farinha e, farejando, foi atrás do cheiro de naftalina até abrir a gaveta da mesinha de cabeceira: que inhaca, credo, o mesmo cheiro da sala!

O que você quer na minha gaveta? Ela soltou uma risada forçada mostrando a gosma e a língua, restos de bolacha agarrados no vão entre os dois dentes da frente. Era mais nojento que nata de leite e que o punho da camisa do meu avô com ranho do nariz. Sem se importar com a minha pergunta, a Cegonha começou a vasculhar a gaveta e eu pedi a Deus para que ela não encontrasse a fotografia da minha mãe e logo percebi que ela tinha, sim, visto alguma coisa especial lá dentro: o que é esta caixa de fósforos aqui, está fumando escondida? Nem deu tempo de responder, ela foi logo desamarrando o barbante: credo, que nojo, pensei que na sua família só fizessem isso com borboleta. Tentei tirar a caixinha da mão dela, mas a Cegonha me empurrou e eu caí sentada na cama, entortando o tabuleiro.

Ele está morto, matar louva-deus dá azar. Não matei ele, não. Ela ergueu a caixinha chacoalhando, e dessa vez fui bem rápida. Arranquei da mão dela, guardei a caixa de volta e fechei a gaveta tão depressa que quase prendi a mão da Cegonha lá dentro. Achei que ficaria brava comigo, mas ela voltou a se sentar ao meu lado na cama, empurrando o tabuleiro para a cabeceira e depois ajeitando o vestido: sabe que louva-deus é um inseto carnívoro, sabe né, que come carne, e que a fêmea engole a cabeça do macho depois que eles... sabe? Depois que eles... você sabe o que é sexo?

Não respondi. Ela se levantou e esfregou o meio das coxas na cabeceira da cama. Uma, duas vezes. Sei que era para eu sentir nojo porque ela gostava de ver na minha cara o nojo que eu sentia quando ela mascava de boca aberta ou quando abria as pernas para me mostrar a calcinha. O certo é que foi de propósito, para me provocar de novo e, se era isso mesmo, melhor não dizer nada. Ela percebeu que tinha errado o alvo e abriu a gaveta bem devagar, olhando para mim como se quisesse ver minha cara se fechando conforme a gaveta se abria.

Quando atinei que a Cegonha ia descobrir a fotografia da minha mãe, não dava mais tempo, já estava com ela na mão: quem é? Deixa aí. É minha mãe. Bem loira, né? Então, por que seu cabelo é ruim? Ah... entendi. E deu uma mordida leve no chiclete, o que me fez esperar o pior. Você é que nem eu, criada sem pai. Melhor assim, sem pai pra gritar e pra bater. Na Vila só tem casa sem pai. Se bem que agora... Sabe os pretos que acabaram de se mudar pra Vila? O pai é advogado e mora lá com eles, na mesma casa, e minha mãe fala assim: é a única exceção. Então, eles são pretos, bem pretos mesmo. Você sabe, né?

Queria ouvir a mãe da Cegonha chamando para irem embora, mas essa hora não chegava. Demorou muito até alguém aparecer na porta e era a minha avó: sua mãe está indo, mas pode ficar mais se quiser. Saiu sem perceber minha raiva e voltou para a cozinha. A Cegonha se sentou na cama, mordeu o chiclete com os dentes da frente e, cruzando as pernas, lenta como uma lesma que se encurva para andar, se virou bem calma para mim: tchau, tchauzinho. Em pé, alisou a barra do vestido, exibindo as pernas: ah, mais uma coisa. Você matou um louva-deus. Isso vai dar azar. Parou de mascar e pôs a mão na minha cabeça do jeito que os adultos fazem: depois te explico o que é sexo.

O som vindo de dentro

Meu avô assobiou perto da minha janela como se me chamasse para ficar com ele no quintal, coisa que só fazia quando as vendas iam bem. Eu não ia desperdiçar aquilo. Corri até ele, antes que se escondesse no seu canto e fechasse a cara de novo. Assobiou mais forte ao me ver chegando e fez um gesto com a mão: vem cá, vou te ensinar a fazer bichinhos com as frutas caídas no chão, bichinhos com pernas de graveto. Minha vó já tinha ensinado, mesmo assim fiz de conta que não sabia. Depois procuramos piolho de cobra e esmagamos os caramujos que subiam nos muros: isso aqui é uma praga, aperta a pedra em cima deles antes que acabem com a horta. Já cutucou o tatu-bolinha? Ele se enrola todo, como uma bola, daí que vem o nome. Nem sei quantas vezes ele já tinha me explicado isso.

Ele falava como se eu fosse uma criancinha, parecia despreocupado e eu aproveitei: vô, por que o senhor faz coleção de borboletas? De novo essa pergunta? Tá bom, vou contar um segredo. Se eu pudesse, faria coleção de conchas. Conchas grandes, enormes, que você põe perto da orelha e ouve as ondas do mar. Essa é a única coisa que me lembro do Líbano, a minha mãe e eu escavando na areia e, de repente, encontrou uma concha gigante e me deu. Ela morreu logo depois, e eu achava que minha mãe sabia que ia morrer e por isso me deu a concha de presente. Eu não consegui trazer a concha comigo pro Brasil, cheguei aqui sem mala.

Fiquei arrepiada com a resposta, conchas para ouvir o mar, para conversar com a mãe, conchas gigantes abrindo os ouvidos, encontradas na areia da praia. Mar, eu nunca tinha visto. Por que o senhor não faz? Não faço porque o mar fica muito longe daqui, se morasse na praia, faria. Sabe como são as conchas gigantes? Não, eu não sabia.

Com a mão no regador, ele me mostrou a abertura por onde a água entrava: tá vendo isso aqui? Faz de conta que o regador é um pão, desses que sua avó assa no forno, só que com pontinhas compridas e cor de rosa. As conchas gigantes parecem um pão cor de rosa cortado ao meio antes de assar. Dá pra entender? Eu disse sim, mas deveria ter dito não muito, quase nada. Ele aproximou a abertura do regador de um dos meus ouvidos: consegue ouvir o barulho do mar? Não, não consegue? Então, se fosse uma concha gigante, você conseguiria. Algumas delas se parecem com orelha de elefante em forma de cone. Entendeu? Eu disse sim, mas era não. Uma orelha de elefante como se fosse um pão cor de rosa, com abertura feita com faca, mas é um regador? Fiquei quieta, se eu risse do meu avô ele ficaria tiririca comigo.

Sem mais, ele foi andando de costas para mim, tentando fazer com que eu não percebesse. Errou o alvo, escarrou molhado bem no meio do muro. A gelatina amarela esverdeada grudou e depois foi escorregando até o chão. Fiz uma pergunta que pudesse tirar o mal-estar do rosto dele: o senhor sempre gostou de borboletas? Ele abaixou os olhos: não, não, foi por causa da sua mãe. Era o bicho preferido dela. Pegou o regador de novo e andou até o muro. Ele deu outra escarrada do lado do rastelo, limpando a garganta para me esconder alguma coisa, e pegou o esguicho. Eu podia jurar que vi uma bola vermelha se dissolvendo na água.

*

Eu estava ajudando a estender a roupa no varal e fingi que não ouvi a Cegonha me chamando do portão. Minha avó percebeu e não gostou: já que você implica tanto com o Bambino, coitado, vai brincar com ela, vai! Fica aí sozinha a manhã inteira! É só não atravessar a rua sem olhar pros lados como uma cabrita. E também não vai sair descalça. E brincar com menino, você sabe, seu avô não quer. Só se for o Bambino.

Calcei a sandália bem devagar, como quem enfia o cadarço nos buraquinhos invisíveis de um sapato. Demoraria até a Cegonha desistir. O trem apitou, e eu me imaginei uma mulher elegante, não de sandálias e sim com um sapato de salto alto e branco com brilho de verniz, sem nenhuma manchinha, cabelo loiro preso num coque, com uma bolsa da mesma cor do vestido azul-marinho, chacoalhando a mão com pulseiras douradas, e um pivete atrás com duas malas grandes e pesadas. Mas, se eu fosse assim, com toda certeza eu tomaria um táxi em direção à cidade e não à Vila, onde moravam os operários, empregados e comerciantes que vendiam pouco. Meu avô não tinha carteira de motorista e nem pensava em ter um carro. Mas bem pior era o Bairro dos Pretos, onde meus avós nunca me levaram. Vila de operário, vila de imigrante, preto não tinha, e indígena só no livro da escola.

A campainha tocou de novo, a Cegonha não desistia. Fui até o portão. Ela estava de costas e não se virou quando eu disse oi, continuou olhando na avenida um velho empurrando uma bicicleta tão velha quanto ele. Eu podia buscar uma bola, uma peteca ou uma corda, riscar amarelinha no chão com uma pedra, ou chamar outra menina, ou até o Bambino, brincar de três é melhor do que de dois.

O que você quer fazer? Ela não respondeu, continuou observando o velho que subiu na bicicleta e se desequilibrou. Achei que ela fosse rir do velhinho, mas não deu tempo, um dos gêmeos espiou pela janela da casa deles e a Cegonha foi rápida: quer brincar com a gente? O outro irmão também apareceu e eu sabia o que ia acontecer se meu avô me pegasse no meio dos moleques, eu ia apanhar de cinta. Um deles se pendurou na janela: brincar do quê? Vem cá, a gente combina aqui, a Cegonha respondeu. Ele deu um pulo e se sentou no batente da janela: meu irmão não pode sair de casa, está de castigo. E soltou uma gargalhada. Eu também ri, mesmo sem saber qual era a graça, já que minha impressão de tudo aquilo era tão ruim. A gente vai aí, então, disse a Cegonha rindo também. Sem perceber fui andando, seguindo feito um cavalo adestrado que toma a direção depois que o dono afrouxa o arreio. Talvez porque, pelo menos assim, dentro da casa ninguém ia me ver brincando com meninos e também podia ser minha chance de descobrir qual deles tinha cuspido, me dado a caixinha, com qual eu tinha aqueles pensamentos.

A porta da casa era igual à nossa, com um capacho escuro e surrado na soleira. Raspei a sola do sapato várias vezes, precisava apagar a marca do meu pé. Medo de fazer barulho, esbarrar num vidro que explodiria no chão. Se falasse alto, minha avó ouviria lá de casa e não ia esconder do meu avô. Do nosso corredor, ela podia ver, se quisesse. Esfreguei a sapato no capacho com mais força. Não tinha certeza, mas a sala parecia maior do que a nossa. No canto do teto, a tinta se despregava da parede como um papel grosso e mofado. Se antes moravam numa casa melhor, por que não tinham trazido os móveis? O sofá de plástico marrom que eu vi sendo carregado no dia da mudança ficava na parede oposta à janela, a mesinha de centro na frente, uma cadeira velha encostada na parede. O calendário pregado logo acima, de um ano que já tinha passado. A paisagem da neve nas montanhas dava vontade de fugir para lá. Entre as janelas, a televisão continuava ligada e também dava vontade de olhar.

A Cegonha Branca se esparramou feito espuma no sofá, um dos meninos continuou encostado na janela e o outro sentou-se ao lado dela. Fiquei com a cadeira que sobrou. Na TV, um homem de barba, cabelo comprido e cara de perdido. Bem à frente, pendurado como quadro na parede, os gêmeos retratados com diferentes feições. Alegres, sérios, bravos, distraídos, chorando. Os retratinhos formavam um círculo um pouco esfumaçado nos contornos, um tipo bem comum na vizinhança. Mas em casa não tinha. Minha avó não pendurou nem um retrato para mostrar às visitas. Nem um ao menos, em que eu estivesse sem óculos, logo na entrada da sala, para que as pessoas vissem como era meu rosto de verdade. Nunca pensei que a costureira gostasse tanto dos filhos. Mas, se gostava, por que gritava o dia todo com eles?

Nós quatro quietos, não achei ruim. Na televisão, o mar, o barco e o homem conversando sozinho. A Cegonha, aninhada no sofá com as pernas cruzadas, sorriu mascando muito à vontade. Mesmo em silêncio, havia alguma coisa escondida no jeito de olhar entre os três, como se tivessem que prender a boca para não soltar uma gargalhada ou para não falar o que pensavam. Vi que na mesinha de centro só cabia uma toalha de crochê e, em cima dela, apenas uma concha enorme, de uma cor rosa quase alaranjada, meio fora do lugar, como tudo na casa. Um dos gêmeos diminuiu o volume da televisão e eu reparei no seu braço. Pelos escuros. Foi ele, foi ele quem me passou a caixinha com o louva-deus, então também deve ter sido ele que me viu pela janela da cozinha. Mas quando eu reparei melhor, vi que os dois tinham pelo nos braços e nas pernas.

Do que a gente vai brincar? A Cegonha perguntou espichando o pescoço branco e olhando para nós três com cara de inspetora de escola que passa em revista os uniformes: dois meninos e duas meninas, já sei, marido e mulher! Os gêmeos deram risada e eu nem me mexi. Entrei na casa como um cavalo adestrado pronto para empacar e, naquele momento, o cavalo parou. Não obedecia, imóvel feito a concha em cima da mesinha, língua travada, estátua de pedra. Como se não percebesse meu corpo duro, ou simplesmente não se importasse, ou estivesse vendo justamente o que queria ver, a Cegonha saltou do sofá: você começa, pode escolher, qual dos dois? Eu? Meu rosto quente começou a pegar fogo, o corpo todo uma fogueira como a que meus avós acendiam para queimar lixo e mato seco. Por que ela ficou dessa cor? O outro disse: cor?, que cor ela tem? Nossa! Olha a cor da bochecha dela. Um deles ria mais: a bochecha dela só? Juro, nunca pensei que alguém dessa cor pudesse ficar vermelha assim. Qual deles disse isso? Os três riram e meu sangue, como o líquido denso de uma injeção, subiu para onde a fogueira mais ardia. Eu não conseguia ver mais nada, até que um dos meninos foi se aproximando, aproximando, e falou encostando o braço em mim: mulher beija na boca e tira a roupa na frente do marido.

Era o castigo do louva-deus, ou era porque eu estava brincando com menino e não podia, ou então por causa daquela cobra disfarçada de cegonha. O outro menino se levantou: tem que tirar a roupa, vai começar por onde? Onde? Essa resposta é fácil, o da frente respondeu. Agarrei os braços da cadeira com as duas mãos, apertei os joelhos um contra o outro, senti a madeira dura do assento. E agora? Virei o rosto para a televisão como se esperasse que uma pessoa estivesse me vendo de lá e ouvisse meu pedido de socorro. A voz de Deus, me lembrei. Ainda na minha frente, o menino colocou as duas mãos na cintura: começa pela calcinha. Foi aí que a Cegonha se levantou do sofá e gritou arrastado para ele: *ssssai*. Ele não segurou a gargalhada: não posso ser marido dela? A brincadeira foi ideia sua.

A Cegonha voltou para o sofá com uma cara pensativa que eu nunca tinha visto. Os dois irmãos não paravam de rir e um deles desligou a televisão, percebendo que eu tentava escapar por ali. Abaixei a cabeça com vontade de rezar, mas ainda atenta, precisava ficar alerta, tinha que encontrar uma saída. A mesinha de centro, bem na minha frente, a concha gigante cor de rosa em cima dela. Se eu pudesse, me enfiaria naquela cavidade. Lembrei do meu avô, da abertura do balde, do pão riscado ao meio, sua explicação sobre o que fazer para ouvir o mar, o último presente da mãe.

Agarrei a concha e encostei a abertura arredondada na minha orelha e gritei: ouvi! Acho que nunca vou conseguir descobrir o motivo, alguma coisa me guiava de novo, pela segunda vez no mesmo dia. Ouviu o mar?, a Cegonha perguntou. Eu disse sem hesitação: não, ouvi meu avô. Ele está me chamando, tenho que ir embora. Não ouvi nada, não, você ouviu?, um menino perguntou para o outro. A Cegonha disse ter ouvido também. Os dois saíram em direção à porta para impedir minha passagem e ela foi atrás: o avô dela é bravo, filho de domador de cavalo, cavalo chucro, todo mundo na Vila sabe. E é amigo do Capitão. Um olhou para o outro: melhor não arrumar encrenca com esse velho. Os meninos se afastaram da porta, mas não muito. Deixaram para mim uma passagem estreita. O que eu mesma não esperava é que, dessa vez, não me intimidei, não me perguntei qual deles cuspiu, quem passou a caixinha com o louva-deus. Faltavam dois passos, apenas dois, para sair pela porta, deixar a casa bem longe, uma casa igual à minha e completamente diferente. Foi uma disparada só. E a cabeça zonza, zonza. Uma orelha de elefante rosa que parecia um pão, regador, concha gigante, o som vindo de dentro.

Corri para o armazém, enchi um copo de água e tomei depressa, disfarçando meu fôlego curto. Vô, o que acontece quando a gente mata um louva-deus? O mundo vai ter um louva-deus a menos, ele respondeu raspando a garganta. Um louva-deus a menos. É isso mesmo vô, o senhor tem certeza?

Ah, para com isso, de supersticiosa aqui basta a sua avó. Ele não é sagrado, então? Sagrado? Se fosse sagrado, não comia borboleta. Como uma espécie de muleta, a resposta me ajudou a chegar até o meu quarto e cair feito um poste em cima da cama.

Mãe solteira

Olhei para o teto como se contemplasse o céu, cheia de orgulho da minha valentia. Mal acreditava que tinha escapado com uma história inventada na hora, sem saber o que viria na sequência a cada vez que abria a boca. Por que falei que tinha ouvido a voz do meu avô, de onde saiu essa ideia? Eu nunca soube o que a Vila toda falava dele, sempre achei que ele fosse bravo só comigo e que minha avó ficasse quieta só na minha frente. Talvez eu fosse esperta, mais esperta do que pensavam, podia ser que nem fosse mais uma criança e isso me fazia rir sozinha. A saída por aquela porta me jogou para um outro lado, um lado que parecia ter sido feito para mim, e por onde eu caminharia até sem sapatos porque meus pés aguentariam. O rosto da Cegonha, o jeito de olhar dela e dos gêmeos, as pernas cruzadas, risadas recíprocas, ameaças de ferrão de abelha, picada de saúva. Os três me testando para ver até onde eu conseguia resistir. Meu pensamento girava rápido. Talvez os gêmeos não tivessem mais o poder de me prender a eles, e muito, muito menos de me proteger um dia. Ao atravessar a porta, foi a primeira vez que não me afligi por ter que responder com qual deles eu teria que me casar e eu nunca ia tirar a roupa na frente deles nem beijar alguém sem saber o nome. Talvez as meninas nem precisassem se casar, pode ser que meu marido viesse de outra cidade, podia ser que a Cegonha não fosse tão ruim como sempre achei. A voz voltando para dizer: deixa ela em paz, afastando o menino que vinha para cima. Por que ela fez isso e por que ele recuou naquele instante? Também era certo que, se não fosse a Cegonha, eu não teria entrado na casa dos gêmeos. Então, não sei mais nada, mas sei que consegui sair de lá por mim mesma, e mal acreditava, isso era felicidade, uma felicidade que eu só sentia quando imaginava meus pais chegando para me buscar.

Ouvi um burburinho na cozinha: depois que a professora saiu do armazém, uma cliente veio comentar que ela está grávida, que péssimo exemplo! Pela barriga ainda não dá pra desconfiar de nada, mas como vai explicar a barriga crescendo pros alunos dela daqui a uns meses? Quanto mais meu avô falava, mais atiçava minha vontade de abraçar a professora, de correr abrindo os braços como uma menininha em sua direção, e abraçar a barriga que eu já imaginava imensa e pontuda, impedindo que minhas mãos agarrassem sua cintura. E, assim que ouvi minha avó dizer "mãe solteira, que vergonha", uma ideia grudou na minha cabeça, como essas certezas que só com muito medo a gente tem, a certeza de que minha mãe também era mãe solteira. Agora tudo começava a se encaixar. Por isso que não falavam dela, nem respondiam minhas perguntas. Mãe solteira! Uma dor se espalhou pelo meu corpo. Não era dor de reumatismo e dessa vez eu nem queria que fosse. Eu começava a entender, a gravidez da professora tinha revelado um segredo, a peça que faltava, a parte encoberta da família. Meus avós escondiam tudo de mim, era esse o silêncio deles e da casa. Tinha muita raiva na boca tampada dos dois, raiva de homem contra mulher, na maneira como não se falavam. Meu pai rejeitou minha mãe e, pior, não me quis, então, a raiva deveria ser minha também? Uma pessoa que eu não conhecia nem por foto e chamava de pai, um pai que sumiu, parou de existir ou nunca existiu. Precisava vomitar a bola azeda inchando na garganta, mas só pensava na Cegonha Branca descobrindo tudo sobre minha mãe, os gêmeos cochichando, me apontando com o dedo no recreio da escola e rindo de mim, as vizinhas me entupindo de doces enjoativos, coitada dessa menina, e de bordados enfeitados demais com cores que não combinavam e pregados na gola, na manga, na barra do meu vestido para eu ficar mais bonita porque, mesmo doente, de óculos, e sem poder soltar o cabelo, as meninas sonham com isso.

A raiva era uma enxurrada e a vazão só aumentava. Espatifar a caixa de borboletas do meu avô no chão, despedaçar uma por uma todas as asas. Meus pés em cima esmagando o que ainda restava delas, sem remorso e sem vontade de fazer com que voltassem a voar. Meu corpo revirava na cama de um lado para o outro, eu ia me vingar, nem que fosse em pensamento. Vi pelos grossos e negros crescendo nos braços dos gêmeos e se espalhando por todo o corpo até virarem bichos. Dois gatos desfilando em cima do muro que separava nossas casas. Nunca me esqueci onde meu avô guardava o pacote com veneno de formiga. Também me vingaria da minha avó e do meu avô. O rosto deles cortado por rugas tão fundas que dava para ver a carne.

Adormeci com a textura grossa do saco de farinha pinicando minhas costas e, ainda morta de raiva, acordei antes da meia-noite, com o trem apitando como se quisesse abrir meus olhos, presta atenção no que está fazendo, menina! Minha mãe, com a barriga do tamanho que ia ficar a barriga da professora, sendo expulsa de casa, a última imagem.

No dia seguinte, a Cegonha me alcançou no caminho da escola. Foi andando ao meu lado sem que eu dissesse nada, e a cada passo eu repetia para mim mesma que ela podia não ser tão má assim. De repente ela cortou meu pensamento: agora que somos amigas, tenho uma coisa pra te contar.

Amigas guardam segredo

O que você quer me contar? Forcei uma voz pouco interessada, e comecei a olhar tudo em volta pra disfarçar minha curiosidade e a Cegonha continuar falando. Mas ela percebeu e ficou um tempo sem responder. Ajeitei minha lancheira e continuamos andando. As pedras do meio-fio, a calçada em que eu passava na ida e na volta, as casas com fachadas que conhecia tão bem. A casa com dois pés de jabuticaba em que eu sempre pedia para subir antes que as frutas murchassem, outras casas com jardim cheirando a esterco se custasse a chover, portões enferrujados ou começando a enferrujar. Naqueles cinco quarteirões eu sabia o nome de quase todos os moradores. Nenhuma das casas era especial nem muito diferente uma da outra. Telhados cobrindo duas casas ao mesmo tempo podiam ser vistos em qualquer canto da Vila. Casa de operário, todo mundo falava. A casa do verdureiro, a sapataria onde o filho do dono ficava na frente da porta tomando o sol da manhã numa cadeira de rodas, o bazar de armarinhos onde minha avó comprava linhas e a única casa que eu não gostava de passar em frente, a casa abandonada. Ela me angustiava e ao mesmo tempo me atraía, como se o abandono guardasse uma história triste e verdadeira que eu não sabia se queria escutar.

Minha mãe pediu para não falar isso com ninguém, mas amigas não escondem as coisas, a Cegonha explicou, separando bem as palavras umas das outras, diminuindo o passo e me forçando a ir mais devagar. Levantei o rosto para contar quantos quarteirões faltavam até o portão da escola. Com medo de não dar tempo de contar o que queria, a Cegonha me puxou para mais perto: você sabe? Sabe o quê? Ela enfiou as mãos no bolso da calça do uniforme: te conto, mas tem uma coisa, você tem que prometer. Estava procurando uma caixinha de chiclete lá dentro, tinha certeza. Prometer o quê, perguntei, e ela repetiu o pedido de promessa: se eu falar você não vai dizer que fui eu, vai? Promete? É porque, sabe né, amigas têm que guardar segredo. Apanhou a caixinha de chiclete e me ofereceu. Foi a primeira vez. Nem acreditava e quase aceitei, mas acabei desistindo: não, obrigada, meu avô não quer que eu fique mascando de boca aberta. Só que eu não queria chegar na escola sem saber o que ela tinha para me contar. Tá bom, eu prometo.

Ela segurou meu braço e cochichou: a professora tá grávida. Agarrei minha lancheira só para me livrar daquela mão. Como não fiz cara de surpresa, ela buscou alguma reação escapulindo, minha boca aberta, dedos estalados, uma esticadinha no elástico que sempre trazia no pulso. Continuei a andar: eu já sabia. Já? E também estão falando que o homem forçou, até bateu nela. Eu não queria ouvir aquilo e tentei colocar um ponto final: já sei tudo isso.

Sem perceber que era mentira, a Cegonha perdeu o ritmo dos passos. Achei que fosse desistir, inventar uma história e sair correndo na frente. De repente ela desacelerou, virou-se para mim forçando um sorriso pela metade: ah, então tenho que encontrar outro segredo, porque assim a gente fica amiga *mesmo*. Você também pode, pode me falar alguma coisa, tem alguma coisa escondida pra me contar? Ou então, também posso te dar uma opinião, um conselho, que nem minha mãe fala. Amigas mais velhas servem pra isso também.

Não, não tenho nada, não. Ela olhou para o chão, precisava encontrar outra pergunta: gostaria de ter uma irmã?

Nunca pensei nisso, sei lá! Irmã pra quê? Fiquei arrependida, porque ela queria ter ouvido *sim* e eu estava pronta para ouvir que uma irmã é como uma amiga, mas é mais, e que não seríamos apenas amigas. Mesmo que eu não quisesse ser amiga nem irmã dela, não precisava ter respondido desse jeito. E então, eu devia continuar a conversa, já que ela estava tentando ser boazinha comigo: uma mãe que eu pudesse ver todo dia, ah!, isso eu queria, sim. A frase escapou, como prova de sinceridade. Talvez não devesse ter dito, se bem que podia até ser bom porque assim ela ficaria com um pouco de pena e me deixaria em paz. Ela fez cara de quem não esperava o que eu tinha acabado de falar: você queria ter uma mãe? Que pergunta!, fiquei danada: eu tenho, tenho mãe, mas... Ela me interrompeu: você tem mãe? Tenho, respondi. Então por que a sua mãe nunca... Não concluiu a frase. Ficamos quietas de novo, e eu fiquei esperando, sabia que a boca fechada não ia durar muito, e me dei conta de que ela tinha começado a andar mais devagar ainda, como da outra vez que deu uma paradinha para dizer que a professora estava grávida. Acelerei o passo para atravessar a rua, ela que ficasse para trás.

Para ganhar tempo, a Cegonha tentou me convencer: já sei qual vai ser nosso segredo. Você falou que tem mãe? Onde ela está? A hora era essa, tinha que sair correndo, e correndo até que ela ficasse bem longe de mim a vida inteira. Mas se fizesse isso, ela ia pensar que eu estava fugindo da pergunta e não dela. Então respondi: minha mãe mora em outra cidade. A Cegonha franziu a testa e apertou os olhos: quem te disse que sua mãe mora em outra cidade? Eu tinha que acabar com aquela conversa e disse que tinha sido a minha avó. Ela fez não com a cabeça. E eu, como um jeito de tampar a sua boca, remendei: e também porque minha mãe me manda carta. Com fotografia dentro.

Ah não, isso não, amiga não pode mentir tanto assim.

Como ela sabia que eu estava mentindo, como ela sabia? Rosto virado para a frente, quantos quarteirões ainda? Como ela sabia que minha mãe não me mandava nenhuma carta? Percebi sua cara de dó: vou te contar, todo mundo sabe e isso não é justo. Não é justo você não saber e as pessoas ficarem falando por trás, a Vila toda, não é justo, não. Notei um carinho estranho, não nas palavras e sim no jeito de falar, que me deixou ainda mais aflita quando ela disse: tenho que falar porque você é minha amiga e você não sabe que a sua mãe...

Eu sei, sim, sei que a minha mãe é mãe solteira. Minha voz saiu riscando a garganta de raiva. E, como se ganhasse força repetindo a frase para mim mesma, sei muito bem, sei sim, e num segundo relembrei o que tinha se passado naquela manhã. Tudo o que eu tinha descoberto e continuaria a descobrir sozinha. Ia procurar meu registro de nascimento até achar, isso eu ia conseguir, do mesmo jeito que fui capaz de me livrar dos gêmeos ontem. Senti coragem de novo, um tipo inusitado de valentia, venci o jogo que ela escolheu para me desafiar, foi o que pensei antes que ela contestasse: não, ninguém diz isso, não, sua mãe não é mãe solteira. Minha mãe foi madrinha do casamento dela. E então, parei. Nem mais um passo. E ela também. Minha mãe não era mãe solteira? Tudo o que eu tinha pensado, a certeza que tive no instante em que meus avós falaram da professora e que, ligando as coisas, acabei descobrindo por mim mesma... não era nada daquilo? O que mais ela sabia que eu nunca consegui saber?

O que você sabe da minha mãe? E do meu pai? Eu me contorcia por dentro, tentando controlar minha voz, minhas pernas. Duas colegas passaram por nós, disseram *oi*, e eu só pude pensar que elas também sabiam, todas as minhas colegas sabiam, a escola inteira, a professora, a inspetora, a diretora, a Vila toda, menos eu. O que eles sabem? Percebi que o objetivo do jogo era fazer com que eu me perdesse, claro, sempre foi. Ela, a Cegonha Branca, posicionada num tabuleiro como quem aposta aos poucos, frase por frase, e avança uma a uma, todas as casas até o último lance. Quantos quarteirões ainda? Um grande tabuleiro ou pior, um labirinto. Dessa vez ela demorou um pouco mais, precisava improvisar e não estava conseguindo, ou pensava no melhor jeito de falar, por isso ainda estava com a boca fechada. Então fui adiante, entrando no jogo que ela escolheu: se você é minha amiga, tem que me contar. O que falam da minha mãe e do meu pai. O que é?

Ela quase passou a mão na minha cabeça, retomando seu ar de superioridade para me fazer de criancinha chorona. E então ficou bem séria: promete que não conta que fui eu? Nem pra seus avós nem pra ninguém? Acenei que não. Seu pai... você não...? E ela mesma respondeu, não, você não sabe. Eu podia estar vendo errado, sua boca tremeu um pouco, e vi que a mão também tremia. Ela quase chorava, como se fosse por mim: seu pai... ele, ele, ele... matou a sua mãe.

Eu disse não, sem abrir a boca, muda, não, não. E seus olhos, sempre tão abertos, pregados nos meus. Juro, juro que é verdade, posso te mostrar o jornal. Ela não estava mentindo, assim parecia, e eu só dizia não, repetia não com todas as partes do meu corpo. E ela viu minhas pernas grossas titubeando, ela previu minha queda e constatou o instante em que comecei a fraquejar. Ia cair, já estava caindo?

Apoiei a mão na parede da casa mais próxima e, atenta, ela me acompanhava, querendo de algum modo me amparar, vendo no meu corpo um desespero sem disfarce, como se ela não tivesse previsto o que poderia acontecer. Seu braço estendido para mim, quase segurei sua mão, e ela deve ter percebido que, naquele instante, poderíamos selar nossa irmandade. Mas, assim que ouvi de novo *seu pai matou sua mãe*, sem que ela tivesse repetido, saí correndo, queria fugir para qualquer lugar que não fosse a escola, nem a igreja, nem minha casa, um lugar onde eu pudesse ficar trancada sozinha só para chorar.

Apertei a lancheira contra o peito, senti uma força retomando minhas pernas, os primeiros passos não foram tão difíceis, mas eu podia, já estava conseguindo e, então, disparei na frente, um, dois quarteirões, quantos conseguisse. Pensei em me esconder na casa abandonada, ali ninguém me encontraria. Não, não podia parar de correr, aquilo era uma perseguição, a Cegonha não desistia, acelerei, e na frente de algumas casas eu corria ainda mais depressa. A casa do Bambino, da professora, a casa da diretora da escola, se pudesse, eu pularia, como numa corrida de obstáculos, depois as fábricas e a praça da estação ferroviária. A avenida acabava ali. Completamente sem fôlego, eu me sentei na escadaria da entrada principal. Se tivesse um trem parado, me enfiaria lá dentro, dava um jeito e ele me levaria, um bichinho envergado entre as poltronas do último vagão.

Uniforme úmido, corpo suado, respiração curta. Um cão abandonado passou tão solto e sozinho quanto eu, ossudo, fedido e cabisbaixo, sem esperar que procurassem por ele, sem esperar nada de ninguém. Nenhum rosto conhecido, o degrau áspero e escuro raspou minha calça quando mudei de lugar para não ser tocada pelo focinho do cachorro. E se Deus, querendo me enganar, tivesse feito a Cegonha inventar essa história só para me testar? O padre garantiu que isso ia acontecer um dia, pelo menos uma vez, com certeza, uma provação, era uma atrás da outra, todo dia, e a pior de todas, minha mãe estava morta e, pior ainda, meu pai matou minha mãe!

Olhando de longe, tentando chegar, lá vinha ela de novo. Impossível compreender aquela presença insistente, e imaginava um rosto para o meu pai, o rosto da minha mãe morta, olhos fechados para sempre. Por que a Cegonha ainda estava atrás de mim? E meus avós, por que não me contaram? Se perguntasse, negariam. Nunca me disseram, continuariam sem dizer. E então era isso o que estava encoberto naquele silêncio. Agarrei a lancheira, a pasta da escola e comecei a descer os degraus na direção oposta de onde ela vinha. Ouvi sua voz, um pedido: espera. Me virei, quase implorando para que ela desmentisse tudo, inventei tudo isso, ela diria, pedindo perdão. A Cegonha chegou mais perto: você foi alguma vez no cemitério?

    Foi como se eu tivesse levado um tranco, eu tinha que aguentar, mas não consegui. Meus olhos molhados e logo na frente dela. Continuei caminhando, devagar, cada vez mais devagar, enxugando a lente dos óculos na saia do uniforme. A Cegonha abaixou a voz: se você quiser, eu deixo você ver o jornal que está guardado lá em casa, numa caixa da minha mãe. O jornal explica tudo, tem até fotografia. Deixo você ver se não contar que te mostrei. Minha mãe foi entregar uma encomenda, a gente pode ir. Tem que ser agora.

A primeira vez que vi meu pai

Disso me lembro bem, a ideia foi dela. Fiquei atrás do muro, bem na virada da esquina. Se alguém olhasse de casa ou do armazém não veria mais do que a ponta do meu nariz. A Cegonha foi primeiro, fiquei espiando, tinha que esperar o sinal, pode vir. Mas, e se meu avô chegasse até a porta justo quando eu passasse em frente? Não corria esse perigo, percebi logo que ela olhou para o armazém e depois desvirou a cabeça com calma. Ele devia estar fazendo as contas atrás do balcão. Minha avó dentro de casa, lavando a louça do almoço, era sempre assim. Rente ao muro, tentava esconder meu corpo sem tirar os olhos da Cegonha. A pasta no chão, a lancheira encostada no meu pé, fiquei aguardando até ela me chamar com a mão. Caminho livre, catei meu material. Depressa, mas sem correr, rosto voltado para a parede, sem forçar. Quatro casas até a porta estreita de madeira, lá dentro ninguém ia me ver. Três casas, duas, entrei.

Fica lá no quarto da minha mãe, vem. O cheiro dos doces que a mãe dela fazia era a única coisa boa para guardar daquele dia. Entramos na segunda porta. Senta aqui, vou pegar a caixa na gaveta. Tive pena de amassar a colcha tão branquinha que cobria a cama. Ela abriu a última gaveta da cômoda e voltou com uma caixa azul cheia de nuvenzinhas. Deixou a caixa aberta encostada na minha perna e se sentou ao meu lado. Eu imaginava fantasmas e monstros voando para fora daquela caixa forrada com tanto capricho.

Essa fotografia é do meu pai com o meu avô, e aqui do lado sou eu, esse bebezinho aqui, antes do meu pai ir embora. Essa outra aqui... Eu não quero ver fotografia, você vai me mostrar o jornal? Ela não esperava minha voz nervosa interrompendo sua exibição, depois vi que ela também não estava tão calma assim. Talvez tivesse se arrependido de ter me levado para o quarto e destampado a caixa, ou não tivesse jornal nenhum para me mostrar.

Cadê o jornal? Calma, está no meio do livro de orações, minha mãe fala que reza pela alma da sua mãe. A Cegonha disse isso virando a caixa de cabeça para baixo. Um molho de chaves, cartas e cartões postais. Pegou o missal e folheou com cuidado, como se abrisse uma embalagem de chiclete sem rasgar o papelão. Entre santinhos e pétalas secas de rosa, um pedaço de papel amarelado, um recorte de jornal muito bem dobrado. Tirei da mão dela e abri.

HOMEM MATA ESPOSA GRÁVIDA COM DOIS TIROS. Duas fotos, uma ao lado da outra. A mulher foi levada pela polícia ainda viva para o hospital... morreu logo em seguida... bebê tirado vivo da barriga... Não era a foto da minha mãe em casa nem no hospital, talvez a foto de um documento. Eu buscava alguma coisa ali, mas no fundo cinza não aparecia nada. A cabeça um pouco inclinada, um pouquinho só, será que minha mãe ia chorar? O rosto era aquele mesmo, igual ao da fotografia guardada na mesa de cabeceira, o cabelo comprido, loiro e liso que eu gostava de passar o dedo. O outro retrato, a cara, a cor, a primeira vez que vi meu pai. Aquele era o meu pai, era o rosto que ele tinha, o cabelo bem crespo, sua boca, o nariz, os olhos pretos e um pouco apertados, como os meus.

Meu pai e minha mãe juntos, tudo o que eu mais esperava na vida, um ao lado do outro. Queria olhar o rosto deles e ler ao mesmo tempo. Tive que soletrar, ler sílaba por sílaba para entender cada palavra, como se estivesse aprendendo a ler.

Quando os pedaços de cada frase começaram a fazer sentido, caí imediatamente num buraco, uma poça funda e arenosa, até perceber que outros buracos rodeavam aquele, crateras lunares e, de um buraco a outro, cada vez mais arenosos, eu ia caindo... caindo aos pedaços, objetos se soltando, meus óculos perdidos, como tudo à minha volta. Eu via buracos no texto, palavras incompreensíveis, e outras que gritavam para mim   VÉSPERA DE NATAL   MATOU A ESPOSA   DOIS TIROS. POLÍCIA   HIPÓTESE DE CIÚMES   BEBÊ TIRADO VIVO   BARRIGA DA MÃE MORTA.   DESDE ENTÃO FORAGIDO.

Terminou? Credo, você está tremendo! Fui me largando, caindo, meu corpo se derreteu na cama. O estômago mastigava por dentro, uma bola de plástico furada, murcha, sugada pelo umbigo.

Pega este cobertor, tá com frio? Não amassa não, me dá, solta isso, senão minha mãe vai perceber. É, você está certa, é pra chorar mesmo. Vou dizer pra minha mãe que a gente estava indo pra escola e que você quis experimentar o doce que ela fez, aí você veio e começou a passar mal. Nossa, você está ficando sem ar, soluçando desse jeito. Ai meu Deus, bem que minha mãe avisou, essa menina é doente.

Colar de pano preto

Não sei se a mãe dela entrou no quarto primeiro, ou se foi a minha avó. Faziam perguntas que eu não entendia, uma conversa impossível de acompanhar. Olhos lacrados, pálpebras grudadas. Depois meu avô apareceu, senti seu corpo se debruçando sobre o meu. O antebraço apoiou meu pescoço, a outra mão na dobra dos joelhos. Ele me ergueu com seus braços ossudos e me apertou contra seu peito como se eu fosse um bebê. Cobre a cabeça dela, cuidado com o vento. Atravessou a rua comigo no colo, minha avó abriu o portão e a porta da frente, me estenderam na cama. Tentaram esticar minhas pernas e meus braços, e eu me encolhia de novo. Passaram a mão na minha testa, comentaram meus olhos inchados. Ela deve ter chorado de dor, maldito reumatismo. Uma xícara de água, outra de chá, as duas intocadas em cima da mesa de cabeceira. Não abri a boca, por mais que fizessem perguntas: o que você está sentindo, o que aconteceu? Só pode ser ele, maldito reumatismo. Eu tinha certeza de que, se existia uma regra de ouro na casa, era esta: não interromper o silêncio do outro. E isso também valia para mim.

Percebi o dia virando noite, sopa pronta e servida, talheres raspando pratos, cadeira afastada, passos no corredor. Na cozinha, minha avó cantava baixinho uma música lenta e triste que eu nunca tinha ouvido, acompanhando a água que escorria. Depois as louças guardadas nas prateleiras, garfos e facas, a última panela.

Saí da cama e tateei objeto por objeto dentro da gaveta até encontrar a única fotografia guardada lá dentro: minha mãe. Virei o ferrolho da janela sem fazer barulho e deixei uma faixa fina de luz entrar pela fresta. Segurei o retrato com força, como se ele pudesse ser carregado pela ventania que fazia lá fora. Era ela, o mesmo cabelo liso e tão claro. Deixei ali, embaixo do travesseiro, esticadinho para não marcar o papel. Se chovesse bem em cima dela, como da outra vez, eu sentiria a água gotejando primeiro na minha cabeça.

    Acordei durante a noite, algumas vezes totalmente descoberta e com frio, outras, embaixo do cobertor e transpirando de tão quente. Sonhei de novo com uma casa abandonada, cinza, vazia, onde eu entrava com muito cuidado e excitada ao mesmo tempo, sem saber o que tinha ido fazer ou buscar lá dentro. Dormindo ou acordada eu via o recorte do jornal, um papel velho, meus pais juntos, finalmente, um do lado do outro, como eu sempre quis. A manchete aparecia como um letreiro luminoso, ainda estava sonhando? Era por isso que meu avô fechava a cara sempre que eu perguntava do meu pai, que minha avó desconversava. As fotos, o rosto do meu pai, a morte da minha mãe, bebê sobrevivente! Ele preto, ela branca, eu era o quê?

*

    Ficar na cama sem me mexer, fingir de morta, parar de respirar no instante em que girassem a maçaneta. De novo, era isso o que eu ia fazer. Mas eu rolava de um lado para o outro, engordando, inflando, uma grande bolha pronta para explodir. Minha avó abriu a porta do quarto e a bolha murchou. Me encolhi pequena, um sapinho verde que diante do predador se finge de morto, ou então um tatu bolinha, enrolada em mim mesma até que me deixassem, me esquecessem. Ainda existo? Ela foi entrando com cuidado, viu que eu estava de olhos fechados e saiu sem fazer barulho. E eu, ainda um bichinho desses qualquer, me vi na palma da mão da minha mãe, como se assim pudesse, finalmente, sonhar do jeito que eu queria. Mas em vez disso, acordei com o pior barulho que jamais tinha ouvido: um tiro disparado pela arma que meu pai segurava. Soltei um berro de pavor e, sorte minha, foi bem na hora em que o trem apitou. E se eu entrasse escondida num vagão e fosse embora? E se meus pais viessem me buscar, e eu não estivesse mais aqui? O segundo apito, mais longo e mais perto, eu precisava saber, fazer alguma coisa pela minha mãe.

Abri a porta, ninguém na cozinha, atravessei. A máquina de costura ao lado do tanque, a caixa de retalhos em cima dela. Abri. Não é possível que entre tantos paninhos coloridos e estampados eu não pudesse encontrar um retalho preto. Achei! Tesoura, agulha e linha da mesma cor do pano.

Levei para o meu quarto, fechei a porta, alisei o tecido, sua textura molenga. Meus pais nunca mais voltariam, então eu não era mais nada, não podia mais nada. Peguei a fotografia da minha mãe na gaveta da mesa de cabeceira, desenhei com a caneta um quadrado emoldurando o rosto dela e cortei para ficar do tamanho de uma foto três por quatro. Ia dar certo. Só faltava cortar o retalho pela metade formando dois quadradinhos, costurar três lados, deixar o de cima aberto para poder guardar a foto dentro e tirar quando quisesse, como uma bolsinha. Peguei dois cadarços e costurei um em cada ponta do lado aberto. O mais difícil foi passar a linha no buraco da agulha porque de perto minha visão era pior. Acendi o abajur, ajeitei os óculos. Quatro tentativas, paciência até dar certo.

Minha mãe ficou guardada lá dentro, no meu colar secreto. Mais perto de mim impossível, e ninguém ia perceber.

No ritmo do relho

Abrir os olhos passou a ser um susto, uma espécie de assombro que aumentava. Meus pais juntos, um do lado do outro. Deus estava brigando comigo? A lembrança do dia anterior, cada minuto dele. Primeiro tudo embaralhado, depois na sequência, outra vez e outra. Nenhuma vontade de sair da cama.

O jornal, as frases e as fotografias voltando e voltando, no ritmo da minha respiração apressada. Você colhe o que plantou, todo mundo fala isso, e o que eu tinha feito de tão ruim? O louva-deus, verdade, matei por querer e a culpa foi minha, mas meu avô garantiu que isso era só superstição. Fui brincar com os meninos, até entrei na casa deles e a mãe nem estava lá, só que eu consegui escapar no último minuto e no final não aconteceu nada de mais. Faltei na escola e não foi pouco, mas estava com reumatismo e nas aulas de catecismo no ano retrasado eu não faltei nenhuma. O dom de ver anjos eu não tinha, também é verdade, e só rezava para pedir, passava reto na hora dos agradecimentos porque me esquecia. Eu já devia ter escolhido minha santa protetora, bem que tentei. Minha avó queria que fosse a Nossa Senhora Aparecida, mas eu preferia a Virgem Maria, que tinha o cabelo da mesma cor do cabelo da minha mãe. Até que poderia ir mais vezes à missa, mesmo que custasse tanto para acabar. Pode ser que minha maldade estivesse bem disfarçada, e que Deus já soubesse de todos os pecados que eu ainda ia cometer. Se fosse mesmo, ele me mandaria um sinal, está tudo perdido.

As costelas apertando o coração, mais um pouco e eu não conseguiria nem respirar, nem abrir a janela, nem pisar no chão e isso era igual a não poder nada, e então eu ia morrer ou talvez já estivesse morta, sem nunca ter beijado na boca. Não devia ficar pensando mãe-pai, pai-mãe, nunca soube o motivo desse sumiço e o rosto deles no jornal agora, eu queria esquecer. Ter pai e mãe para mim era o desejo mais difícil de alcançar até ontem. E hoje, melhor que nem tivessem existido, assim eu também não existiria. Se eu estivesse com reumatismo e febre, seria até melhor. Bem melhor porque, se fosse isso, eu ia sarar como das outras vezes, e tudo teria sido uma maluquice da minha cabeça, igual a quando meu avô chamou um táxi de madrugada para me levar ao pronto-socorro. Ele disse que a febre estava tão alta que eu falava coisas estranhas, histórias confusas. Eu dizia que era professora e que os alunos riam de mim, não me obedeciam porque, quando eu começava a explicar a matéria, o elástico do meu cabelo se soltava e os fios se erguiam como pontinhas de trepadeira que se enroscavam no que encontravam pela frente, e se espalhavam pela sala de aula dançando como serpentes. Pensamentos esquisitos assim a gente só tem se a doença avançou, foi o que eu entendi. Um pouco dormindo, um pouco acordada, ouvi o médico explicando, do mesmo modo que tinha acabado de ouvir a voz do meu avô, lá da cozinha: apanhou feio, a menina gritou mais de meia hora.

De quem ele estava falando?

Raspou a garganta e continuou: você deve ter ouvido, não é possível, a menina berrava e depois parava, no ritmo do relho mesmo. Era a mãe erguer a mão, descer o braço, e lá vinha outro grito. Erguia a mão, descia o braço e mais um. A vizinhança toda saiu pra rua e foi um falatório só. Uns perguntavam, o que essa menina tinha feito de tão errado? Outros apoiavam a mãe dizendo que surra é bom pra endireitar. Não é certo menina apanhar tanto nessa idade, minha avó respondeu. Está em formação, o corpo começa a mudar. Se afetar os mamilos, o peito não cresce mais, pode empedrar. Meu avô arrastou a cadeira: ah, ela não é nada boazinha, não, é uma fedelha atrevida de língua afiada.

Fui me esticando para escutar melhor. O corpo todo estirado e uma vontade de fazer xixi que só crescia. Se era a vizinha da frente, então estavam falando da Cegonha, e se a Cegonha tinha apanhado da mãe logo depois que me mostrou o jornal e que eu saí carregada da casa dela, então... bem que merecia. Mas se gritou tanto, deve ter doído muito. Minha avó voltou ao assunto: agora que os gêmeos pararam de brigar, a vizinha da frente deu essa coça na menina a ponto de todo mundo ir pra rua ouvir a filha apanhando? Filho a gente peleja, tenta de tudo e bate em último caso. Corretivo tem que ter, mas nessa idade, só na bunda, pra não comprometer as partes do corpo. Se essa menina não puder ter filho, já sei o por quê. A única coisa que meu avô disse foi: aleijar não pode, não é pra exagerar como meu pai fazia, isso não, espancar não é certo, até porque gente é que nem cavalo, amansa com o tempo. E enquanto isso... O silêncio abrindo caminho no meio da conversa era meu avô enroscado no pensamento. Talvez pensando no pai dele, talvez pensando no meu pai. Me esqueci de te contar, ele continuou, depois da surra a doceira foi no armazém pra dizer que vem fazer uma visita. Não entendo, toda vez que um vizinho briga e bate, vem fazer uma visita depois? Minha avó mudou de assunto: e essa história de greve de novo? Não sei não, mas o Capitão disse que por enquanto é loucura de estudante e que a Vila está protegida, se tiver passeata, greve, qualquer bagunça, ele vai botar tropa de choque na rua. Antes de sair meu avô avisou: ia me esquecendo, a doceira vai trazer a filha.

Ouvir isso foi como se me chacoalhassem na cama quase berrando: é aqui que você está agora. Nove horas. A Cegonha deve ter se arrependido, ou queria ver minha cara de doente. O armário, eu podia me enfiar ali dentro de novo, chorar sem ninguém ver, devia existir um armário para chorar. Ali eu ainda cabia, ou no alçapão. Alguém agarrou a maçaneta. Fechei os olhos torcendo para ser o Bambino, mais provável que fosse a Cegonha, podia ser. Abaixando a voz, minha avó fechou a porta de novo: ainda está dormindo. Foi um alívio, estiquei os pés, os braços, o corpo inteiro. A vizinha vem à tarde?, minha avó perguntou lá da cozinha. Não, de manhã, daqui a pouco, antes da escola, meu avô respondeu.

O toque da campainha foi como enfiar o dedo numa tomada, pior que ferroada de abelha no olho. Dessa vez era ela mesmo, só podia ser. A conversa com a minha avó, assim que pisaram no corredor, eu não consegui escutar. Só quando chegaram na cozinha deu para ouvir: minha mãe pediu desculpa, tem encomenda pra terminar, ela me pediu pra trazer esse prato de doce aqui. Eu posso entrar no quarto dela pra deixar esse bilhetinho?

Tatu-bolinha, me enrolei toda de novo antes que a porta se abrisse. A Cegonha foi entrando de mansinho e quase encostou a boca na minha orelha: sei muito bem que você está acordada. Também conheço esse truque. Ficou quieta esperando a minha reação e se ajoelhou para ficar mais perto ainda: minha mãe descobriu tudo, apanhei por sua causa. Você vai ficar aí de olho fechado? Olha quanta marca de chinelo, esse monte de risco vermelho, esse roxão da fivela.

Olhos fechados como se fosse promessa. De repente, um cutucão: se eu não viesse te pedir desculpa, ainda ia ficar sem sair de casa um mês todinho. Minha mãe pediu pra te dizer isso: não fala nada pros seus avós, nada do que você descobriu. Um dia eles vão te contar. Reze e tenha paciência. Continuei sem me mexer, segurando as pernas e a vontade de fazer xixi. Ela cochichou de novo: melhor você ser minha amiga, isso não foi minha mãe, sou eu que estou falando. Minha mãe também disse que se você contar pra sua avó, ela vai falar tudo pro seu avô e ele tem um problema grave de saúde, pode até morrer. Nessa hora não consegui, abri os olhos de tanto susto: não tem, não! A Cegonha tampou a minha boca: não grita! Ele tem, sim, no pulmão. Você tá aí se fingindo de morta desde ontem. Parece filhote de passarinho que levou estilingada na cabeça. Bebezinha! Achei que ela estava indo embora, mas não: mais uma coisinha, sabe quem eu vi entrando na casa dos gêmeos? Não, como eu vou saber? Ela levantou as sobrancelhas: o Bambino. E daí? Daí é que, bom... se você é amiga *mesmo* dele, devia falar pra ele nunca mais entrar naquela casa. Não sei explicar, naquela hora eu senti muito medo e berrei: vóóóó. A porta se abriu e eu improvisei: preciso tomar banho agora, né, vó? Ela pôs a mão na cabeça da Cegonha: volta mais tarde, ela vai tomar banho. A Cegonha foi virando o corpo para mim e dando as costas para a minha avó conforme se levantava: be-be-zi-nha, abria e fechava a boca, sem som, para minha avó não perceber. Be-be-zi-nha.

E deixou um papel dobrado em cima da mesinha de cabeceira.

Leve e pesado

Minha vó pôs o prato em cima da mesa de cabeceira, esperando que o cheiro do macarrão se espalhasse e me desse vontade de comer. Quando queria me agradar, cobria o molho vermelho com rodelas de ovo cozido, achando que era meu prato favorito. Mas ela só sabia mesmo o que eu mais odiava: moela de frango e, em segundo lugar, qualquer comida que tivesse azeitona. O cheiro nem era ruim, mas pinicava a língua e era salgado demais. Moela tinha um jeito esquisito. Uma orelha cinza, da cor e do tamanho de um rato, fervendo na panela de um lado para o outro, fazendo piruetas para escapar da fervura. Eu chegava a ouvir grunhidos enquanto giravam em meio à borbulha até o cheiro impregnar meu quarto e revirar tudo no estômago, como se o bichinho já estivesse correndo dentro da minha barriga. E minha avó só parou de me forçar a comer no dia em que teve que limpar o chão da cozinha com uma moela partida ao meio expelida num jato só, estragando o almoço e o vermelhão da cera.

O que sua amiga veio fazer aqui, bela? Não sei não, vó, só vi o bilhete aqui em cima, nem li ainda. Falei sem pensar, para me livrar logo da pergunta, inventar qualquer resposta, nem imaginei que ela fosse pegar o papelzinho, dizendo: então vou ler pra você. *Minha mãe falou que eu devia escrever esse bilhete para te dizer que você vai ficar boa e que essa doença vai passar. Assinado: amiga que guarda segredo.*

Busquei sinal de preocupação ou castigo no rosto da minha avó quando ela se abaixou para conferir meus olhos que estavam bem abertos naquela hora. É a dor de cabeça, vó, pode ser reumatismo mesmo, vou dormir pra ver se passa. Força o pé no chão pra ver se dói, bela. Tentou sair da cama? E esse bilhete, que segredo é esse que ela tem com você, bela? Enquanto ela abria a janela do quarto, eu a perseguia com meus olhos quase fechados de novo, uma frestinha aberta, como as ripas da veneziana da janela que ela empurrava para fora.

Já encostando a porta, ela deu uma paradinha: a professora passou no armazém e perguntou pro seu avô se podia fazer uma visita depois da aula, queria saber o que tinha acontecido com você... e o que ele ia dizer? Minha avó ficou esperando que eu respondesse e quando viu minha boca trancada, ela deve ter começado a desconfiar de que eu tinha aprendido a fazer com ela o que sempre fizeram comigo.

Não queria que a professora me visse com cara de fome e me sentei na cama para comer. Dessa vez, nenhuma rodela de ovo, nem sei se ia conseguir, e minha avó voltou trazendo uma faca. Achei estranho porque na nossa casa só se usava o garfo e colher para comer macarrão. Era enrolar os fios no garfo e pronto, cortar a massa era um dos maiores pecados na nossa casa. Deixou a faca em cima da mesa de cabeceira e foi até a janela: onde seu pé está doendo? Enfiei uma garfada na boca: vó, não posso falar de boca cheia, e esperei a pergunta fatal que veio logo: o que está acontecendo com você? Vó, estou com muita dor de cabeça, não vou conseguir comer mais, acho que vou vomitar.

Larguei o prato em cima da mesa de cabeceira e me deitei de novo. Fiz muita força para dormir, esquecer, sumir. Dessa vez era verdade, a dor não passava e eu não parava de rever meus piores sonhos, as imagens da casa abandonada, um lugar onde eu nunca tinha entrado e para o qual eu voltava mesmo sem querer. Estava quase adormecendo quando percebi a professora se ajeitando na beirada da cama. Com o peso do corpo dela, me inclinei naturalmente e minhas pernas encostaram nas suas costas mornas. Ela não passou a mão na minha testa, nem me olhou com cara de dó, e eu não olhei para a barriga dela. Acho que foi a primeira vez que ela me viu sem óculos e de cabelo solto.

Suspirou alisando a barra do vestido: você sabe que eu era amiga da sua mãe, lembra da fotografia que eu te dei? Fiquei feliz quando soube que você seria minha aluna, a gente ia se conhecer, poder conversar. Eu fazia sim com a cabeça para cada palavra, e ela foi abaixando a voz como se suspeitasse que alguém tentava escutar: eu posso estar enganada, penso que está acontecendo alguma coisa com você, e vim aqui saber se posso te ajudar.

Ela ali, tão perto de mim, no quarto, na minha cama, sua boca encostando no meu ouvido. O carinho com que ela alisou a própria barriga e depois pegou na minha mão. A mão do meu avô tão áspera, a da minha avó ossuda e molenga, a dela tinha cheiro de maçã verde. Será que a professora sentia o meu lençol pinicando as pernas dela, o cheiro de naftalina? Será que ela ficaria mais tempo ali comigo? Ela apertou minha mão e cochichou: está com medo das provas? Você faltou bastante esse ano, mas não tanto assim. E todo mundo sabe que foi por causa do reumatismo, e que quando fica doente não consegue pôr o pé no chão. Acho que depois ela perguntou se na escola todo mundo me tratava bem, talvez eu não tenha ouvido direito. Eu não queria perder nem uma palavra, e quando ela fez essa pergunta, um pensamento falou mais alto do que a voz dela: a professora tem um plano para mim, para minha vida toda, vai me tirar daqui. Precisava me concentrar, ouvir o que ela estava falando: estude principalmente matemática e um pouco de ciências, é isso. Eu posso fazer uma revisão dessas duas matérias se você quiser.

Lá em casa fica mais fácil pra mim, é mais tranquilo e depois a gente pode até conversar um pouquinho. Eu peço pra sua avó, explico que as provas já vão começar na próxima semana. Dá pra levantar da cama? É uma boa ideia? Apertou a minha mão: repasso a lição e você me conta por que não quer ir à escola. Nessa hora, achei que a Cegonha estava certa, amigas têm segredos e a minha amiga era a professora, pelo menos era isso o que ela estava tentando me dizer: quero ser sua amiga.

Assim que saiu do quarto, eu ouvi a explicação dela para minha avó, e foi exatamente como tinha combinado comigo, na cozinha mesmo, palavra por palavra. Imaginei minha avó muda, sem responder sim nem não, apenas agradecendo. Da escola, direto pra casa, diziam o tempo todo, e as aulas acabavam às cinco, isso não é hora de criança andar na rua, a escuridão é um aviso: meninas pra dentro. Mas, ali foi diferente: é o reumatismo. E esse ano está sendo mais difícil. Então, se você puder fazer revisão da matéria que ela perdeu, agradeço muito.

Quando minha avó contou para o meu avô, não teve nenhum comentário, só um resmungo: professora grávida, outra mãe solteira na Vila. E saiu arrastando os chinelos, ia para a sala ficar com as borboletas, abrindo e fechando caixas, repassando nomes estranhos como *Siproeta stelenes*, *Antheos menipe*, nomes que não diziam nada, e que ele me obrigava a decorar. Sons tão esquisitos, pareciam túneis longos e escuros que levavam para um lugar muito longe, perto da Grécia, eu achava, só que nunca perguntei de onde vinham. O que eu perguntava para mim mesma era: por que nomes tão complicados e difíceis pra bichinhos tão pequenos, coloridos e tão, tão, tão leves que até conseguem voar?

A voz da professora não me largava, como se ela continuasse sentada na cama, apertando a minha mão. Eu ficava tentando adivinhar tudo o que ela tinha para me falar, como era a casa dela por dentro. Uma porta e uma janela, era essa a fachada. O vestido azul com os dois bolsos bordados já estava escolhido, iria com ele, sozinha a essa hora na rua, primeira vez. E quando voltasse para casa, o dia escurecendo, lá vinha eu andando sem meus avós numa hora em que as meninas da classe deviam estar sossegadas em suas casas. Alguns comentariam: já está grandinha. Pode ser que espiassem da janela e eu, abanando a mão, explicaria: fui na casa da professora. Acho que fiquei muito tempo com esses pensamentos, sem saber se estava dormindo ou acordada. Ouvia a melodia da voz da professora, sem entender direito o que dizia, imaginava minha mãe conversando com ela, as duas tomando sorvete sentadas no banco da avenida, passeando comigo de mãos dadas da igreja à porteira da estação da linha de ferro, cada uma de um lado, o cheiro de maçã que ficou na minha mão.

Pronta para sair

Não precisei pedir, nem falar nada. Tchau, vó. Pode ser que ela tenha achado estranho a minha dor ter passado tão depressa. Respondeu tchau e me entregou um pratinho amarrado com um pano de prato feito de saco de farinha alvejado e com repolhinhos de crochê pregados na barra, que ficavam balançando. Mesmo que me esforçasse, não conseguia fazer laços simétricos e perfeitos como os dela. Leva pra sua professora, acabei de assar essas bolachas, não é bonito chegar na casa dos outros de mão abanando. Você não está esquecendo nada? Voltei para o quarto, apanhei meus cadernos, enquanto minha vó acomodava a trouxinha no fundo de uma sacola. Pega o guarda-chuva, bela, o tempo está enfezado. Não quer que eu vá junto, tem certeza? E se você passar mal de novo? Não precisa, não, vó.

Sem olhar para a casa da Cegonha, abri e fechei o portão tão depressa que arranhei o braço e só percebi depois. Já tinha ouvido as sirenes das fábricas dispensando os operários muito antes de sair de casa, e por isso a avenida estava quieta e bem calma. Senti vontade de cantar, tanto ânimo assim eu nunca tinha. Fiz como minha avó, comecei a inventar uma música sem letra, que até achei bonita, e fui cantando no primeiro quarteirão sem parar nem um minuto para não esquecer. Uma vontade de guardar para sempre aquela melodia, e porque cantando, eu não pensava em mais nada. Devia ser por isso que minha avó também inventava as músicas dela, numa língua que nem conseguia mais falar direito. Cantar era não pensar em nada. Será que eu podia inventar também uma língua minha, assim do nada, e o som saísse de repente? O pastor fazia isso no culto, minha avó contou muito impressionada, não conseguia acreditar. Cantar ajuda a esquecer, minha avó tinha uma música assim, *canta per non ricordare*. Meu avô atrás dela, com a ponta dos dedos juntas imitando dois chocalhos, ironizava: isso é falar italiano. Ópera sem história contada não existe, minha avó disse. E foi justamente cantando que consegui chegar rápido na casa da professora. E foi até rápido demais.

    Só quando bati na porta eu percebi minha mão tremendo, meu braço arranhado. Se entregasse a trouxinha de cara ela ia perceber, porque a professora via tudo, a menos que estivesse bem escondido ou que ela deixasse passar de propósito. Duas batidinhas na porta e logo veio abrir: que bom que você veio. Licença. Uma mão segurava a sacola, a outra enfiada no bolso. Ela segurou meu material e eu abri a sacola, peguei a trouxinha. Assim que a entreguei, enfiei a mão no bolso de novo. Ela sorriu: obrigada. Não deu para ver direito como era a sala, tão apertada. Nem precisava ser maior. Toda mulher engorda quando fica grávida, mas a minha professora estava cada vez mais magra. Na mesa da cozinha cabiam duas cadeiras, tudo bem arrumado, o copo com água e uma batata dentro fincada com palitos em cima da pia. Brotinhos verdes despontariam das verrugas brancas da batata, já tinha feito essa experiência, e também a do feijão no algodão molhado. Achei melhor não comentar, ia desviar o assunto. A cozinha tinha cheiro de barro, por causa do filtro que a minha avó chamava de talha, igual ao da minha casa. Um cheiro que eu só sentia se levantasse da cama antes que meus avós abrissem a porta e o basculante. Devia ser bom dormir nesta casa.

Achei que ela começaria perguntando o motivo de eu ter faltado às aulas justo nessa semana de revisão, véspera de prova. Mas os livros estavam empilhados me esperando, ciências e matemática. Ela abriu a primeira folha de um caderno novinho e ia anotando enquanto me explicava. Percebi minhas pernas balançando embaixo da mesa, e eu querendo ouvir dela outra coisa que não fosse sobre o planeta Terra e o Sol, soma e subtração de frações. Se bem que qualquer coisa que ela falasse, sua voz me acalmava, nunca disse nada que não fosse bom para mim, e então percebi que eu não estava mais tremendo. A caligrafia cada vez mais caprichada, letras assim tão perfeitinhas eu não conseguia. Minha mão começou a tremer de novo.

Quando a professora abriu o livro de matemática, não aguentei, não deu para segurar e tive certeza de que ela viu a lágrima escorrendo. Tirei os óculos e comecei a chorar de verdade: eu preciso saber da minha mãe, o que aconteceu com a minha mãe? Ela fechou o caderno, se levantou da cadeira e passou a mão na minha cabeça. Eu a abracei, encostei meu rosto na barriga dela, querendo ocupar o lugar de quem estava ainda por nascer. A professora apertou minha cabeça contra o seu peito de um modo calmo, delicado, e percebi que eu tremia mais ainda e que dessa vez a professora sentia minhas mãos tremendo porque continuavam agarradas a ela. Acho que te entendo, ela disse, as coisas importantes podem ficar escondidas por um tempo, mas não a vida toda, e nessa idade que você está, tudo ia começar a aparecer mesmo.

Eu não conseguia falar meu-pai-matou-minha-mãe nem para mim mesma, como se falar fizesse tudo acontecer de novo. Mas, tudo aquilo guardado comigo era um embrulho amarrado com corda, um saco de lixo do tamanho de uma casa, pronto para explodir. Não tenho certeza, acho que a frase saiu mais ou menos assim da minha boca: meu pai matou minha mãe? Não, nunca acreditei nisso, ela respondeu. Mas professora, eu vi no jornal, estava escrito que meu pai matou minha mãe. Seu pai não matou sua mãe e eu também não acredito que ele tenha fugido para se esconder da polícia. Foi isto o que você leu no jornal, eu sei. Mas, olha, eu estive com eles na noite anterior, eles falaram o tempo todo sobre o seu nascimento, que faltava menos de um mês. Seu pai mesmo fez o berço, sabia?, ele era muito bom com as mãos. Sua avó costurou as roupinhas de bebê, seu avô queria pintar o berço de azul, tinha certeza de que seria um menino. A gravidez aproximou seu pai do seu avô, sua mãe da sua avó, era bom de ver, dava vontade de ficar perto toda hora. Eles pararam de discutir, principalmente seu pai e seu avô, e eu nunca tinha visto seu pai tão carinhoso com sua família como naqueles meses. Ele até parou de beber. Por que motivo ele ia matar a sua mãe?

 Dava para ver que esse assunto era difícil para ela também, e que estava se esforçando para que eu entendesse uma história complicada: seu pai tinha dois amigos muito próximos, o filho do açougueiro, Zuza, e um rapaz lá da cidade, estudante ainda, chamado Eduardo, o Edu. Os três formaram um grupo, pessoas que se reuniam pra conversar sobre política. Meia dúzia de operários, o médico do posto de saúde, duas freiras, umas dez, doze pessoas, sua mãe e eu. O Capitão começou a ameaçar e a gente passou a se reunir na casa do médico e não mais no sindicato. Ele mandava recados: se tiver greve, passeata, reunião subversiva, vai todo mundo preso. E os militares estavam mesmo prendendo, torturando, matando gente no país todo. Depois de um tempo o Edu sumiu, ninguém sabia dele. As duas freiras foram mandadas pra outro lugar, acho que pro Nordeste, o grupo se desestabilizou. Mas seu pai continuou no sindicato, queria ser presidente, e ia mesmo, não fosse a intervenção que o sindicato sofreu.

Não consegui guardar tudo o que dizia, porque às vezes ela pulava algumas palavras como se as engolisse de propósito. Comunistas, só dois, mas... é que essa ditadura... E tudo acabou numa tragédia, coisa horrível. Fuga, exílio, sua mãe assassinada, tudo ao mesmo tempo. E eu conto nos dedos da mão o número de pessoas que ficou do nosso lado aqui na Vila. Comunista, terrorista, as nossas casas começaram a ser pichadas. Naquele momento, me dei conta de que ela também estava chorando, pensei que a culpa fosse minha, e não é isso o que as amigas fazem. Mas eu ainda tinha outras perguntas, e precisava disfarçar um pouco, porque só de pensar, tremia de novo. Então segurei o lápis com as duas mãos e com muita força até meus dedos ficarem firmes e se acalmarem. Já estava conseguindo, ia conseguir ficar mais calma porque a história que ela estava me contando era bem melhor do que a notícia do jornal. Não ter um pai assassino era voltar a ter um pai, me livrava da culpa de não ter protegido minha mãe, mesmo sabendo que eu não tinha como fazer isso.

Sua mãe estava se formando naquele ano. Normalista, também queria ser professora. Seu pai tinha poucos anos de estudo mas falava muito bem, sabia argumentar, convencer, era esperto, aprendia tudo rápido. Sua mãe era muito tímida, se encantou com ele, se conheceram no grupo de teatro. Como a minha mãe era? Amiga pra qualquer coisa que precisasse, não muito falante mas sincera, gostava de música, tinha uma voz afinadinha, opiniões próprias, muito boa aluna. Seu pai era diferente. Impulsivo, apaixonado, nunca desistia, teimoso, mas muito sedutor também, as mulheres gostavam dele, sua avó gostava, era nítido isso. Alto, encorpado, muito bonito, chamava atenção. Sua mãe, acho que você sabe, era meio baixa, assim, como eu. Magrinha também. Ele morria de ciúmes dela. Isso eu não gostava. Ele saía quando quisesse, voltava a hora que bem entendesse e isso ela não podia. Mas ele gostava dela.

A campainha tocou e ela olhou o relógio no pulso, toda professora tinha um, e eu percebi que estava na hora de ir embora. Prometi pra sua avó que você chegaria em casa antes das seis. Eu ia fazer outra pergunta mas ela percebeu e fez psiu com o dedo na boca. Quase implorei para que continuasse, ainda faltava muito, queria saber tanta coisa, o que era comunista, ditadura, e outras palavras que eu até que já tinha ouvido, mas não sabia o que significavam. Ela puxou meu caderno, escreveu "Ítalo Zucca" e saiu para abrir a porta falando baixinho: ele sabe muito mais do que eu. Recolhi meu material e fui atrás dela. A professora disse tchau abrindo a porta e eu tentei reconhecer o homem que entrava. Ele era forte, loiro, com cara de dono e jeito de galo, alguém que eu nunca tinha visto até aquele dia e não voltaria a ver.

Ítalo Zucca era o nome do açougueiro. Pus o pé na rua me perguntando por que motivo ela disse para eu procurar justo o homem que nunca tinha visto conversando com o meu avô.

A volta

O brilho de uma fivela partida na grama escura. Cabeça baixa, pedras marcando o caminho de volta, João e Maria. Meus olhos vermelhos, eu não queria que ninguém visse. Apoiei os cadernos no peito até alcançarem a haste dos óculos, assim não me reconheceriam. Menina não pode andar sozinha à noite, mas eu precisava andar mais devagar para que meus olhos desinchassem antes que eu abrisse a porta de casa. Devagar, melhor mais devagar... Não tão devagar.

Conversar com o açougueiro, prestar atenção no caminho, contar pedrinhas, grama verde quase preta, ajeitar os óculos depois de enxugar as lentes na barra do vestido mesmo. Há outras versões, a professora falou. Tentei repetir a ordem das frases de novo, por que aquele homem chegou justo na hora? Tinha coisa que eu não podia esquecer. Amigo do pessoal aqui da fábrica, isso eu entendi, mas sobre o Capitão, que eu chamava de padrinho, eu ainda precisava descobrir. Foi tudo rápido, meio embaralhado. Seu pai não matou sua mãe, isso foi o melhor de tudo. E duas palavras eu tinha certeza: comunista e ditadura. E também o nome Ítalo Zucca, anotado no caderno. Era só esperar uma semana, iria procurar o açougueiro assim que as provas terminassem. Se ele sabe a história toda, vai me dizer onde está o meu pai, por que mataram minha mãe.

Um gato branco de rabo cotó atravessou a rua e saltou a grade de uma casa mal iluminada. Nossos bichos sabem quando estamos tristes, cavalos identificam o medo de quem segura as rédeas. Enxuguei de novo as lentes, agarrei os cadernos, o guarda-chuva. Cabeça para baixo, procurar um brinco caído no chão, qualquer toquinho entre as pedras. Um moleque cruzou a avenida testando o freio da bicicleta. Lápis caído, lápis esquecido no chão, o lápis foi esquecido no chão, conjugação verbal, voz passiva, a voz da professora entrando nos meus ouvidos como se ela falasse uma coisa e eu ouvisse outra, outra coisa que me fizesse chegar lá: minha mãe.

 O vento remexeu as folhagens da casa onde uma mulher chacoalhava o tapete na janela. Três moleques correndo atrás de uma bola de pano. A pensão da mãe da noiva, talvez ela já tivesse alugado o quarto da filha para viajantes, vendedores de enciclopédia que sempre apareciam. A noiva morta resgatada da boca-de-lobo. A vovozinha resgatada viva da boca de um lobo. Isso é pensar em nada? Nota máxima em redação, isso eu esperava, e valia metade da de português. Matemática, difícil, bem mais. Um homem gritou de dentro de casa: Bete, Naninha, jantar na mesa, enquanto jogava cascas de mexerica na calçada. Seu José, avô das duas.

 Me lembrei dos gêmeos, de um completando a sentença do outro, como um bicho de duas cabeças, da risada desencaixada dos dois, fora do lugar e um pouco sinistra, como alguém que ri de um passarinho sangrando na cabeça porque conseguiu acertar a pedra onde queria. Lâmpadas acesas, luz da televisão projetada nas paredes, janelas sem cortina, ninguém debruçado nos batentes. A mulher do açougueiro atravessou a avenida. Eu nunca tinha percebido que ela mancava um pouco. Um vento frio soprou mais forte, meu avô chamava de vento sul. A rajada chacoalhou as árvores. Toda vez que o vento batia assim, eu me lembrava do cabelo das meninas da escola esvoaçando. O meu nem se mexia, por mais forte que o vento fosse. No meio dos dois, a avenida longa à nossa frente se estreitava. A vontade de me livrar e, ao mesmo tempo, saber mais, saber tudo da vida deles. Idênticos. E tão bonitos! Isso eu não conseguia deixar de pensar.

Alisar com ferro

Sentada na beirada da cama, minha avó passou a mão na minha testa: nenhuma nuvem no céu, bela, também, com a tempestade de ontem à noite. Vó, posso ficar na cama mais um pouco, é que a dor voltou, sabe? No pé mesmo, mas não muito, pode ser o reumatismo, né? Eu sabia que não era, mas sentia como se fosse e, se essa parte era verdade, então não era uma mentira inteira. Vó, hoje a senhora me leva até o portão da escola? Não sei o motivo que me fez pedir isso à minha avó. Ela esticou a vira do lençol: levo sim. E enfiou as pontas do cobertor por baixo das minhas pernas. Era bom ficar quietinha, encolhida, enrolada na coberta. Pérola dentro de uma concha, uma concha cintilante e bem aberta. Gostava tanto da minha avó nessas horas.

*

Tudo o que eu tentava conversar a caminho da escola me parecia idiota e sem graça. Uma criancinha pedindo para ser mimada, contando histórias bobas só para falar alguma coisa, como se precisasse agradecer: obrigada por me trazer, vovó. Vovó... fazia muito tempo que eu não a chamava assim. Ela deve ter notado.

Disso eu nunca me esqueci. No muro em frente à escola uma frase que eu li em voz alta, caprichando como um adulto, igual à voz da televisão: ABAIXO A DITADURA. Por que você falou isso desse jeito?, minha avó perguntou. Acho que é porque está escrito em vermelho e em letra de forma, respondi. Está vendo? Estou sim.

Palavras escritas no muro com tinta vermelha e com letras enormes me deixavam cada vez mais agitada, difícil entender. Vó, por que as pessoas escrevem no muro? Porque não têm mais nada pra fazer. Problema de estudante e de operário, ela remendou, para dizer que o assunto não era para mim. Eu já tinha feito essa pergunta para o meu avô porque a professora tinha falado na casa dela, e eu precisava saber: vó, o que é ditadura? Escuta, bela, política é assunto de gente grande. Esquece isso, não vai te levar a lugar nenhum. Atraso de vida.

Lugar nenhum... melhor olhar em volta, o prédio da escola... lugar nenhum... Nenhum lugar era mais bonito do que aquele prédio, só a piscina pública municipal por causa da água azul, um azul que parecia iluminado por uma luz gigante escondida embaixo da água, e o cheiro do cloro, de coisa sempre lavada, limpinha. Em segundo lugar vinha a escola, mais bonita até do que a igreja, pelo menos por fora, porque por dentro as rosáceas laranja e azul-celeste eram o que eu mais gostava de ficar olhando. O sol entrava tingindo as paredes e o piso claro, e as pessoas andavam e se ajoelhavam com tanta calma, parecia até que tinham acabado de chegar num lugar onde gostariam de ficar para sempre. E eu achava minha escola linda mesmo antes de ser matriculada e de pôr os pés lá dentro. Meu desafio era falar bem rápido: vou estudar no grupo escolar, grupo escolar, fundindo "o" com "e" para dar "i", juntando as duas letras numa palavra só, com medo de ficar enroscada, dar um tropicão, um cavalinho aprendendo a trotar: grupscolarrrrrr. Grupo Escolar Coronel Adelino Ribeiro Gonçalves de Lima, a primeira coisa que aprendi a escrever depois do meu nome.

São Francisco, o nome da igreja, era simples como a madeira lisa de tão gasta do genuflexório. Depois da missa, era bom ficar sentada no banco da praça da igreja, embaixo das árvores e, ao anoitecer, esperar a primeira rajada de água na fonte luminosa, a dança colorida das águas no ritmo das músicas que diziam ser antigas, e dos hinos militares que saíam dos dois alto-falantes amarrados no poste. Quando as lâmpadas queimaram, a fonte parou de esguichar e os alto-falantes acabaram sendo transferidos para o salão paroquial porque seriam mais úteis no bingo da quermesse, o padre disse.

Tchau, vó. Tchau, bela.

No pátio cimentado, com uma parte coberta por causa dos dias de chuva, os alunos formavam as filas assim que batia o sinal. Cada série, uma fila. Em ordem, entrávamos nas salas de aula cantando. A diretora, a inspetora ou os professores escolhiam a música e, como eu não era alta nem baixa, ficava no meio da fila, sem me preocupar com quem estava em volta nem em conversar com colegas de outras séries. Naquela tarde cantamos a música que a inspetora escolheu. Sem prestar atenção na letra, eu abria e fechava a boca para disfarçar e não ser repreendida, porque meu pensamento era só este: não tirar nota baixa na prova de matemática. E para isso, como num jogo de arremesso, eu tinha que desviar a lembrança da minha mãe, do meu pai e dos gêmeos. Abria e fechava a boca, peixinho de aquário, como todo mundo faz quando finge que canta, não sabe a letra ou não quer cantar. Não vi a professora em nenhum lugar, nem quando entramos pelos corredores. A inspetora, sempre de cara amarrada, cantava alto para dar o exemplo e ser imitada: *Parabéns, ó brasileiro/ Já, com garbo juvenil/ Do universo entre as nações/ Resplandece a do Brasil.* A menina na minha frente cochichou: ridículo.

Dentro da sala de aula, uma coisa muito esquisita acontecia, era como se eu sentisse de novo o que me levou a pedir que minha avó fosse comigo até a entrada da escola. Mas desta vez era mais forte, um alvoroço sendo anunciado, chuva grossa que os pássaros pressentem.

Entrando na sala, a inspetora falou com voz de comando: todos sentados, sem falatório. Aquele era o dia das provas de português e redação. A professora tinha que estar aqui! Andando de um lado para outro, a inspetora repetia: sentados, silêncio! Assim que a classe inteira sossegou, ela explicou: dessa vez a redação será como uma lição de casa. Vou escrever o título na lousa, vocês copiam no caderno, aí vocês escrevem em casa e trazem pra mim amanhã. Ninguém perguntou da professora, e eu também fiquei com medo de perguntar. E assim que ela falou o título da redação, eu quase comemorei: "O que vejo a caminho da escola". Ainda bem que eu não tinha que escrever nada sobre meus pais.

*

As perguntas da prova de português estavam fáceis, mas não fui a primeira a entregar. Peguei a lancheira, cruzei a alça no peito, agarrei a pasta e saí depressa da sala pensando nas férias. Amanhã, prova de matemática, depois, ciências e fim. Se não chovesse nas férias, eu iria à piscina municipal todos os dias. Boiar na água de olhos fechados, abrir os olhos devagarinho e ficar flutuando naquela cor azul. Eu precisava chegar logo em casa, o mais rápido possível, escrever a redação para depois estudar matemática, e eu não era boa nisso, não. Estudar para passar de ano e para esquecer a página de jornal. O que será que aconteceu com a minha professora?

Desci as escadas sem olhar os degraus. No muro em frente à escola, notei duas novas pichações: VIVA OS MILITARES e MORTE AOS COMUNISTAS. Palavras escritas assim ficavam me chuchando, e estas falavam de morte. Comunista, a professora tinha dito essa palavra na casa dela. Militares, botas, coturno, homens fardados que andam a cavalo, soldados segurando cães policiais atentos e farejadores, isso tudo eu já tinha visto, mas não me lembrava bem, era muito pequena. Palavras proibidas, ameaças de morte, militares e comunistas, palavras que não se desgrudam, quanta coisa aparece sempre junta e a gente nem percebe. As duas frases me cutucaram como se eu ainda estivesse dormindo, fiquei desentendida, tinha que saber, chegar perto, e mais perto, cada vez mais. Elas não podem ter sido escritas durante a madrugada, pois não estavam ali quando entrei na escola. Mas agora dava para perceber que alguém tinha passado uma tinta branca em cima de ABAIXO A DITADURA, e depois, em cima da tinta branca, escreveu as duas frases em preto, como se fosse uma guerra de palavras. Algumas palavras me perseguiam, e era em perseguição que eu pensava antes de me dar conta de que os gêmeos estavam tentando me alcançar. Um deles chegou primeiro: hoje aconteceu um milagre, fazer prova de redação em casa fica bem mais fácil. O outro concordou: bem mais, e você pode ajudar a gente. Você pode escrever pra gente, ele quer dizer. É, você escreve e depois a gente passa a limpo, copia com a nossa letra. Vai dar certo, porque você sempre tira dez na redação, todo mundo sabe.

Eu não conseguia nem abrir a boca. Um deles chegou mais perto, tão perto que deu para sentir o cheiro dele. Meu avô contava que o cavalo, quando gosta do cheiro da égua, ergue a cabeça, respira fundo muitas vezes e depois abre a boca levantando o beiço. Na hora em que me explicou isso, meu avô ergueu os lábios com dois dedos fazendo saltar a gengiva inchada e vermelha. Fica combinado, o mesmo menino falou, você escreve uma redação para cada um. O título da nossa série é "O que vejo da minha janela". Não vai esquecer e, olha, tem que ser dez horas, pra dar tempo de copiar com a nossa letra, sem esculhambar na caligrafia. Letra de mulherzinha, é isso que a vaca da professora quer.

Não consigo escrever três redações, não vai dar tempo, tenho que estudar matemática, não sou boa nisso não. Um deles segurou um cacho do meu cabelo: a mãe falou que a gente até podia namorar. Olhei para o chão com medo de enxergar seus braços e ele continuou a falar de um jeito melado e irônico: se você está me namorando... Franzi a testa, não tinha namorado nenhum. O outro perguntou: mesmo com esse cabelo? É, mas vai ter que alisar com ferro todo dia. Olha aqui esse fio, olha! Parece um pentelho! Vai ter que passar muito ferro. Passar ferro e levar ferro, repetiu chacoalhando os ombros.

Eu odiava quando o pente da cabeleireira emperrava e ela puxava os fios enroscados: cabelo ruim é difícil. Antes eu pensava que quando olhavam para mim querendo achar um defeito, só viam meus óculos, como a Cegonha, mas tinha gente que só enxergava o meu cabelo. O que tem o meu cabelo, perguntei quase chorando. Um deles disse: você é... E disparou a correr. O outro olhou para mim e correu atrás do irmão.

Foi uma espécie de tontura e nojo, aversão de moela na panela fugindo da fervura o dia todo. Eu nunca mais ia conversar com nenhum dos dois. Não queria acreditar no que tinham falado. Será que eu ouvi certo? Se bem que não foram os dois, foi só um deles que falou aquilo. O outro quase não abriu a boca, e então não era certo sentir tanta raiva assim dos dois. E a raiva foi se amansando. Eu poderia namorar o outro, escolher o outro. Besteira, meninas não escolhem meninos. Foi meu avô quem escolheu minha avó e meu pai deve ter escolhido minha mãe. Não sabia por que tinha tanta certeza disso, e as certezas mais recentes eram cada vez mais esquisitas, a descoberta de que as pessoas podem ser tragadas para dentro do bueiro e morrer na véspera do casamento, a de que era possível odiar e sonhar com dois meninos ao mesmo tempo, a de que um pai podia matar uma mãe, ou de que alguém podia até publicar no jornal uma história inventada.

Escrever de joelhos

A campainha tocou. A Cegonha abriu a porta do meu quarto e entrou feito cobra atiçada com bambu: eles pediram pra avisar que é pra você me passar as duas redações agora, agorinha. Não vou fazer, não deu tempo, preciso estudar matemática. Ah não, você nem começou ainda? Melhor fazer logo, senão vai ter vingança, vim aqui pra te falar isso também. E como você sabe? Porque eu posso entrar no seu quarto e eles me pediram pra te dizer que querem a redação e tem que ser rápido. Rápido mesmo. Foi isso que vim te falar, mas a vingança eu não sei qual é.

Minha avó entrou sem bater: está tudo bem, bela? Respondi que sim, ela encostou a porta e voltou para o fogão. Eu disse para a Cegonha que não ia dar tempo. Tenho uma ideia, ela respondeu, você escreve pelo menos uma, assim a vingança pode ser menor. Puxei meu cordão do pescoço, apertei o saquinho com a foto dentro. Me ajuda, mãe. Se dessa vez a Cegonha tivesse percebido, no mínimo teria perguntado, o que é esse colar esquisito de pano preto?

Precisava pensar, conta rápida. Se eu escrevesse uma e não duas, só um dos gêmeos ficaria bravo comigo. É, podia ser. A Cegonha insistiu: vai ser melhor, pode acreditar. Quanto tempo você demora? Sei lá, respondi. Bom, vou avisar que um deles vai ter que fazer sozinho. Perguntei por que ela não ajudava a escrever a outra. Melhor não, não sou boa de redação e também, pra mim, ninguém pediu nada. Volto daqui a quinze minutos, mas antes eu vou te contar, porque você é minha amiga, acho que vou namorar um daqueles dois.

    Se a Cegonha tivesse inveja de mim, e eu apostava que tinha, ia contar tudo, entregar a folha com a minha letra para a professora. Pior seria se, quando eu escolhesse um dos gêmeos, ela começasse a namorar o mesmo que eu, só porque viu que eu queria. Podia ser, se bem que meninas não escolhem meninos.

    Joelhos no chão, ajeitar o caderno em cima da cama, o livro de capa dura apoiando por baixo, único jeito de escrever dentro do quarto. Comecei pelo título, "O que vejo da minha janela". O que eu vejo? Escrever como ele escreveria. Qual deles? Tinha que pensar como um menino pensa, ver o que um menino vê. Minha avó não via nas borboletas o mesmo que meu avô, eu não consegui enxergar a concha gigante na abertura do regador. Só eu via olhos roxos na ponta dos cotovelos dele e o olho esquerdo mais fechado da minha avó. O que vejo da minha janela? Não dava tempo para caprichar muito. Melhor não fazer muito certinho, vão desconfiar. E mesmo que ninguém desconfie, ainda assim, o que eu estava fazendo era igual a passar cola. Se o outro repetir de ano, vai falar que a culpa é minha. E se for o que apanha mais, vai apanhar mais ainda. O pai vai bater nele tudo o que deixou de bater no outro, daqui do quarto eu vou ouvir.

    Apertei a caneta e comecei a escrever: Da janela da sala, eu vejo a avenida. Uma fila de casas bem parecidas e por isso meu avô fala... (não! Acho que eles nem têm avô). As fachadas mudam um pouco. São pintadas com cores diferentes, algumas têm portão mais alto ou mais baixo, em outras a porta da casa dá direto na rua. Minha família se mudou para esta casa no começo do *mes* passado (podia apostar que não sabem nada de acento, melhor deixar sem, algum erro tem que ter). As pessoas da Vila são um pouco pobres, não muito, a maioria dos homens é operário, por isso as casas são pequenas e repetidas, como os carimbos da escola (toda professora acha bonitas essas comparações). Quase todas geminadas e com terrenos bem apertados. Mesmo as que são iguaizinhas (não, não, iguais fica melhor, diminutivo eles não falam nunca), as pessoas que moram nelas são muito diferente e acho por isso brigam tanto. Mas também gostam de ajudar porque são católicos e também gostam de mostrar que ajudam. As casas que não são iguais são um pouco maiores, porque os donos têm mais dinheiro. E rico mesmo, aqui na Vila, não tem ninguém. Os ricos e o prefeito moram lá na cidade, atravessando a linha do trem. E os pobres mesmo, de verdade, moram no Bairro dos Pretos (pronto, de introdução já está bom). Na nossa casa moram três pessoas. Eu, meu irmão gêmeo e minha mãe. Meu pai só faz visita no Natal. Eu e meu irmão repetimos de ano duas vezes (boa ideia escrever o que eu sei deles). Nesse ano, quando meu pai veio, achei que fosse para conhecer a casa nova. De repente começou a berrar comigo, e eu nem sabia *porque*. Nessas horas minha mãe nunca está em casa. Ele veio para cima de mim, deu um murro e depois tirou a cinta. A gente é igual em tudo, até apanha junto, mas um sempre apanha mais que o outro. No último ano, foi do mesmo jeito porque a gente tinha repetido, e no ano anterior também. Eu não quero apanhar de novo, sempre acho que ele vai me matar. Pai não pode matar filho, pode? Uma pessoa pode matar outra da mesma família? Na cozinha tem um basculante (é, assim é mais certo). Na última vez que meu pai...

Foi justo neste instante que a Cegonha abriu a porta: tá mais do que na hora, me dá. Nem acabei ainda, não escrevi as quarenta linhas, falta pouco. Mas ela estava bem decidida: vou levar assim mesmo. Você tem que dizer que está faltando o final, insisti, nem deu tempo de terminar a frase que eu estava escrevendo. Ela arrancou o papel da minha mão, como se fosse sair correndo para entregar a redação, mas ela se sentou na cama e começou a ler. Você vai ler? Posso ajudar, ver se está bom. Se quer ajudar, perguntei, por que não escreveu a outra? Sou boa pra ler, não pra escrever, já te expliquei. Mais uma pergunta, por que você escreveu aqui que ele apanhou tanto? Porque acho que a professora vai ficar com dó e querer que ele passe de ano. Tá, vou explicar isso pra eles então, mas não sei se vão gostar disso, não.

Jogo de gente grande

Foi como se o silêncio piscasse para mim, avisando que eu tinha que pensar muito antes de abrir a boca. Sente-se. Eu te chamei pra conversarmos sobre as provas. A diretora cruzou as mãos, quieta, querendo me dizer que tudo ali era sério. A sala quadrada... eu estava no centro de um tabuleiro e só podia obedecer às regras dela.
Repetiu: sente-se. Com o barulho duro de uma cadeira pesada se arrastando eu já estava acostumada. Mas esse ameaçava sugar tudo em volta para concentrar num único ponto, bem distante, longe do meu alcance, e esse ponto era ela, a diretora, abrindo os olhos e os ouvidos contra mim. Que nome tinha esse jogo, eu não sabia.
Atrás dela, o retrato emoldurado do presidente da república pregado na parede. O quepe, as medalhas, o uniforme cor de azeitona. O que mais tem essa cor? Plantas e folhagens, a farda do soldado que vai para a guerra, o canhão que desfila no fim da parada de Sete de Setembro na frente dos meninos do Tiro de Guerra. Como uma pessoa podia mandar muito mais que o prefeito e o governador e ser, ao mesmo tempo, mais velho que meu avô, que nem tinha a cabeça toda branca? Quase fiz o nome-do-pai sem querer, olhando para aquele homem.
Ela me entregou as folhas das provas: não se pode dizer que você tenha se saído bem em matemática. Agora, em

ciências e português, te digo logo, meus parabéns. Passei os olhos com gosto pelas notas e comentários. Nove em ciências, seis em matemática e nove e meio em português. Não esperava nada melhor e achei que talvez tivesse me enganado ou me impressionado demais, e que a diretora não era do jeito que eu imaginava. Pensando bem, nem a conhecia, ela podia ser tão compreensiva quanto a professora, e eu já conseguia respirar o cheiro dos livros velhos e até aceitar o fato de que a diretora também era bonita, unhas compridas e vermelhas tão redondinhas nas pontas. Ela devia ser também muito experiente, porque olhava o tempo todo como se estivesse perguntando, de um modo muito interessado, coisas que já sabia.

Obrigada, diretora. Será que a senhora se esqueceu de dar nota na redação? Falei quase sorrindo, como quem espera um elogio, boa menina, aluna exemplar. A resposta foi instantânea: não posso te dar essa nota enquanto você não responder a umas perguntinhas. Não falei nada, refreei o impulso de abaixar a cabeça. Ficamos quietas de novo, o jogo tinha mesmo começado.

Tirou outra folha da gaveta: leia isto aqui. A letra não era minha. Fiquei vermelha na hora, groselha despejada na água. Ela me entregou a folha devagar para que eu sentisse que ela segurava, bem firme, meu medo na sua mão. Peguei. Era a redação que eu tinha escrito para os gêmeos. A partir daquele ponto, minha cabeça começou a fervilhar.

Entendeu por que não há nenhuma nota na sua folha de redação? Não, diretora. Meu nome é Irene, dona Irene. Abaixei a cabeça, sim senhora, dona Irene. Seu modo de olhar pretendia descobrir alguma coisa dentro de mim: parece que você gosta de fingir que não sabe das coisas, sempre boa menina e tal. Não tem problema, eu explico, sou paciente, *até certo ponto*. O tampo escuro da mesa, meus pés chacoalhando lá embaixo. Logo no cabeçalho me dei conta de que ali tinha uma palavra realmente importante, Gabriel. Isso eu não ia esquecer. Como será que ele completou o trecho que estava faltando no final?

É pra ler inteirinha, preciso ler tudo, diretora dona Irene? Leia apenas a parte destacada em vermelho e depois o trecho em amarelo. Aliás, podemos fazer isso juntas, e colocou a folha no meio da mesa: "Tudo o que está escrito nesta pagina é verdade, mas não fui eu que escrevi. Foi a vizinha. E se eu repetir de ano, ela vai ter que repetir também". Raspei a garganta que nem meu avô, parei de balançar os pés, a cabeça quase estalando. Eu não faria isso com um colega, menos ainda com alguém que eu pensasse em namorar.

Quem é essa vizinha que aparece aqui? E ela mesma respondeu: há duas hipóteses. A primeira é você, que mora do lado, a segunda é a Cecília, que mora na frente. Porém, como ele se refere à casa ao lado, e não à da frente, então posso concluir que é a sua. Desculpe, dona Irene, mas a senhora pode ver que essa não é a minha letra, eu disse. E essa não é a maneira como ele escreve, ela respondeu, exceto no final, a parte que você acabou de ler. Mas dona Irene, eu nunca escrevi *vizinha* com "s", pode olhar nas outras redações. E também nunca me esqueço dos acentos, pode conferir isso também. Aí ela fez a pior pergunta: então, devo chamar a Cecília para esclarecer?

Verdade, ela era mais esperta do que a professora, devia ser. E já que não foi amiga da minha mãe, eu não significava nada para ela, eu não passava de um número entre 1 e 35, tanto fazia. Vou repetir de ano? Ela apertou um pouco os olhos, como se pudesse ouvir o que eu queria esconder: agora você não está mais se comportando feito uma menininha. Muito bom, vai ser mais fácil continuar nossa conversa. Esta redação tem outro problema e você vai poder me ajudar de novo. Esse menino apanha muito do pai? Apanha, respondi com uma cara bem triste, para ela sentir pena, muita pena mesmo. Então, enfatizei: o pai só aparece lá na casa pra bater e é uma gritaria, fico com dó. Precisa ver, coitadinho, dona Irene, parece que vai matar mesmo. Os dois apanham muito, de machucar, tadinhos, e o pai vai na véspera do Natal, nem leva presente, nenhum brinquedo, um brinquedinho, nada.

Percebi minha voz se afinando e a dela, ainda mais seca: vai voltar a falar como uma criança? O que há com você? Numa hora parece adolescente, quase adulta até, e na outra uma menininha. Abaixei a cabeça, desculpe. Os dois apanham? Sim, respondi, olhando para baixo, só que um apanha mais que o outro. É o que está escrito aí. Ela franziu a testa: como você sabe o que está escrito aqui se você ainda não leu a parte grifada em amarelo? Nessa hora eu quase me entreguei, percebi a tempo e tentei remendar: porque dá pra ouvir tudo da minha casa.

Não acreditava como uma pessoa podia ter um ouvido tão afiado, que desmentia tudo o que eu falava, que ouvia o que eu não queria dizer, e me fazia acreditar que eu inventava tudo o que estava dizendo a tanto custo, mesmo quando eu falava a verdade. Às vezes eu até gostava de aumentar um pouco as coisas, mas não muito e nem sempre. Mentir é diferente de inventar um pouquinho, exagerar ou torcer para outro lado. Pensava tudo isso tentando não achar que eu fosse tão má. Mas eu nunca me senti tão má em toda a minha vida. Agarrei o elástico do pulso. Estiquei o máximo, podia até arrebentar. Ai! Ela se assustou: o que você está fazendo? Não sei, dona Irene, não sei, foi sem querer, o elástico escapou sem querer, como tudo o que acontece na minha vida, mas isso eu pensei sem falar.

Juro, dona Irene, prometo que nunca mais vou escrever redação pra ninguém, por favor, não chama meus avós aqui, não fala pra eles que eu escrevi a redação pro Gabriel, por favor, senão eu vou apanhar que nem eles, uma surra de cinta que dói até eu não aguentar. E o pai dos gêmeos, por favor, não chama ele aqui, ele vai matar o Gabriel de tanto bater. Nessa hora ela fez a pergunta com a cara mais séria de todas: e por que você escreveu a redação pra ele? Fiquei com dó. Outro dia, alguém disse aqui na escola mas eu não acreditei que... uma pessoa pode matar alguém da própria família? Pai pode matar filho?

A diretora se levantou, parecia sentir dor nas costas, mexia os ombros, o pescoço. Vamos aguardar... E depois ficou quieta como se quisesse dar um tempo e até mudar de assunto. Você gosta muito dela, não, quero dizer, da sua professora? Conversavam sobre o que acontecia aqui na Vila, ela falava alguma coisa sobre greve, sindicato, conversavam sobre política? Não sei nada de política, dona Irene, meus avós não querem, política é proibido na minha casa. Ela apertou os olhos de novo: talvez a classe de vocês quisesse saber alguma coisa sobre greve. A professora não comentou nada sobre greve? Não me lembro, dona Irene. E ditadura? Alguma vez ela falou esta palavra? O que é ditadura, dona Irene?

Humhumm. Antes de sair, quero te dizer mais uma coisa. Sei como seus colegas se referem a você aqui no Grupo Escolar. E, para o seu bem, posso te assegurar, você não vai mais ser chamada de queridinha da professora. Te prometo.

Barriga ao contrário

Ia repetir de ano e não me conformava. Não era possível, não era. Foi o pesadelo da noite. Não foi por nota, e sim por ter passado cola, o que era muito pior, meu avô gritava: por que você fez isso? Quando eu já estava esperando a primeira cintada, acordei com outra voz me sacolejando: tenho uma coisa pra te contar. A Cegonha nunca vai saber que dessa vez ela me livrou de uma surra que eu não queria que acontecesse nem em sonho.

Tenho uma coisa pra te contar, ela repetiu, você passou de ano e os gêmeos também. Saltei da cama com vontade de dar um beijo na Cegonha, ela tinha me salvado duas vezes seguidas e o dia nem bem tinha começado. Pela primeira vez tive vontade de abraçar e pular junto com ela. Mas meu avô chegou na porta do quarto, deve ter escutado a nossa conversa e eu deixei a Cegonha pulando sozinha quando ele falou: se está de férias, quero que vá me ajudar no armazém, atender os fregueses. Se você ficar lá do meio-dia até uma hora, eu não preciso fechar as portas pra vir almoçar. Foi outra euforia, mas não demonstrei, deixei minha alegria guardada, secreta, por ele ter finalmente descoberto que eu tinha crescido. Ia ficar sozinha tomando conta do armazém. Meio-dia em ponto.

Eu já tinha planejado a primeira coisa que faria depois das provas. Eu ia procurar o açougueiro para saber da minha mãe e do meu pai. Assim que eu saísse do armazém, melhor hora. Ele estaria feliz comigo e nem ia notar que, em vez de voltar para casa, eu estava indo na outra direção, a do açougue, um lugar que, sempre que eu passava em frente, tampava o nariz ou deixava de respirar.

*

Cheguei, vô.
Conferi os lápis na gaveta do balcão do armazém. Meu avô tinha uma faca com a lâmina bem fina que usava para apontar lápis. Tão velha, e tantas vezes afiada, que fazia uma barriga ao contrário. O mesmo cuidado que ele tinha para apontar lápis sem quebrar a ponta do grafite, ele dedicava à escolha dos sacos de farinha que entregava à minha avó para costurar, ou então para conferir se havia algum vidro jogado no lixo e que poderia ser usado para guardar clipes, moedas, rolhas, pregos, tachinhas. Sem nada para fazer, esfreguei os quatro lados da borracha branca na parede, até tirar as manchas pretas. Ninguém entrava, nem espiava. Só eu via meu avô sentado no banquinho, conferindo pedidos, pagamentos e notas fiscais. Melhor brincar de professora, as sacas de arroz, de feijão e de milho, meus alunos pensativos e obedientes agora. Naquele silêncio todo, eu imaginei a professora pedindo um pacote de leite e apreciando depois a minha assinatura na caderneta de compras que ela tinha me entregado.

Vô, o senhor ficou sabendo da professora, onde ela foi morar? Ele guardou o talão na gaveta: não. Era o *não* entupido de quando não queria que perguntassem mais nada. Mas, se ele finalmente percebeu que eu não era mais criança, tomei coragem para perguntar o que significava ditadura, porque ditadura era conversa de gente grande, só adulto falava de política. Governo tem a ver com política, isso era óbvio, e o que polícia tinha a ver com política, que a professora tinha falado aquele dia na casa dela?

Vô, me explica o que é ditadura. Ele foi rápido: não sei explicar nada disso, outro dia tentei te mostrar o que é uma concha marinha gigante e você não entendeu. Entendi sim, respondi. Você disse que não. É que só entendi depois. Não sei nada de política, gosto de falar de bicho. O almoço deve estar pronto, vou comer e volto logo. Fica quietinha, fica.

Foi justo nessa hora que a Cegonha atravessou a rua vindo para o armazém. A saída do meu avô deixou a Cegonha mais à vontade: você tem azeite de Portugal? Não, respondi, só tem aquele que você compra sempre. Sabe que azeite português é o melhor que tem? Discordei: minha avó fala que é o italiano, mas que aqui não tem, e nunca provei. Eu já, o português, muito bom, nem se compara com esse que tem aqui. Você sabe onde experimentei azeite português? Não, claro que não. Quer saber? Não.

A Cegonha insistiu: você não quer saber nada? Sou mais velha do que você, dois anos não é pouco, dá pra aprender um tantão. Tá, tem uma coisa que eu quero saber. Ela riu coçando o canto da boca com o dedo, igual mulher limpando restinho de batom. Peguei outro elástico da caixinha e ajeitei no pulso: os gêmeos, como você sabe quando é o Uriel ou o Gabriel? Ela respondeu que não sabia e eu aproveitei: então como você faz pra conversar com eles? Faço que nem você, sei lá, não me importo. Você não disse até que ia namorar um deles?, perguntei. Ela deu de ombros: pode ser qualquer um, são idênticos! E tem mais, né, eles também têm que querer, pelo menos um, certo? Pensa bem, sendo dois, tenho o dobro de chance. Sou melhor que você em matemática. E mais velha, vou fazer treze. Ah!, tive uma ideia, chamo os dois aqui e você pergunta pra eles.

Saí de trás do balcão: e se meu avô chegar? Ela não precisou pensar muito: você pode inventar que vieram comprar leite. Não, nada disso, assim não, falar mentira não. Credo, você nunca mentiu? Nunca passou cola na prova, nem escreveu redação pra ninguém? Nem fingiu que estava doente nem dormindo? Parei de esticar o elástico do pulso, seus olhos elétricos reparavam em tudo. Tá bom, ela disse, se você não quer me perguntar nada, posso te fazer uma pergunta? O que é? Por que você tá sempre com elástico no braço como se fosse uma pulseira? Parece que tem medo do seu cabelo se soltar. Quando fica nervosa, mexe, estica, não larga dele. Sabe o quê? Não vai ficar brava? Amiga tem que falar a verdade, né? Você tem vergonha do seu cabelo porque parece cabelo de preto. Não liga não, você não é preta. Você é quase. Pensa bem, se é *quase* é porque não é. Se eu falo que estou quase namorando, é porque eu não estou namorando ainda. Entendeu agora?

Quase! Antes parecia que ninguém reparava tanto no meu cabelo e não queria de jeito nenhum conversar sobre ele nem sobre meu corpo, minha cor mais escura do que a dela. Eu não ia demonstrar nada disso porque a Cegonha estava sempre jogando. Fiz de conta que não ouvi, mas eu nunca ia esquecer "você é quase". Mudei logo de assunto para ela achar que não tinha me atingido dessa vez e que eu era capaz de pensar coisas que só adultos pensam: você sabe o que é ditadura? Credo, que pergunta!

Continuei bem calma e um pouco irônica: ué, você fica toda hora me perguntando se eu quero fazer uma pergunta, fiz! Credo, ela repetiu, mas que pergunta, hem? Sei lá, isso é pra quem tem mais de dezesseis. Vou fazer treze ainda. Começou a contar nos dedos: no mínimo quinze, com certeza. Bom, peraí... é, tem a ver com política. E isso não posso perguntar pra minha mãe, ela detesta. Política nem pensar, ela fala, e começa a xingar o pessoal da fábrica, essa história de greve, tudo de novo agora, e os estudantes...

Estranho, você nunca ouviu essa palavra, nem viu escrita no muro? A Cegonha fez cara de quem acabou de ter uma ideia genial: tem um dicionário lá em casa. Como você é minha amiga, pego lá, é rapidinho. Voltou trazendo um livro imenso e gordo, devia ter mais de cem anos, e muito pesado. Apoiou o livro no balcão, ajeitou, abriu a capa dura e marrom, dizendo ser muito raro o livro dela, e leu a primeira página: diccionario, com dois "Cs" e sem acento! *Diccionario critico e etymologico da língua portuguesa.* Com "Y"! Perguntei onde ela tinha arranjado aquilo. Era do meu avô, ele ganhou do pai dele. Muito velho e precioso, minha mãe não pode saber que tirei de lá de casa. Deve valer muito, é caro porque ninguém mais tem. Falei bem duro para cortar sua ostentação: vê logo, ditadura, se meu avô chegar, vai dar de cara com o livro e contar pra sua mãe. Ela folheou com muita calma pedindo para que as páginas não se soltassem e espirrou duas vezes seguidas. Letra S, depois vem o T, né? Aqui: disuria, dita, agora vai, só virar a página. Ditado, ditar. Credo, não tem?

Essa palavra existe sim, estava escrito no muro da escola, você não viu? Vi, ela respondeu, mas se for palavra inventada, não tem, pode acreditar, não tem. Eu assisto televisão todo dia, até o jornal, culpa da minha mãe que me obriga, e nunca ouvi essa palavra. E nem no rádio, ela deixa o rádio ligado o tempo todo enquanto faz os doces. Pode ser gíria, e aí não tem *mesmo*, nem no dicionário, nem na televisão.

Peguei outra borracha para raspar na parede. Rrrrrr... A Cegonha odiava quando tinha que ficar quieta e sempre puxava algum assunto: tenho um segredo pra te contar, sabia que a professora foi embora pra tirar o bebê? Eu disse que sim, mesmo sem saber o que significava exatamente *tirar o bebê*, e isso não era palavra para procurar no dicionário nem perguntar para ela. Estava com duzentos gramas, continuou, minha mãe falou que foi estupro, sabe? Contou também que ela quase morreu, mas agora a barriga deve ter murchado, então... Eu não sabia se a Cegonha estava falando a verdade, mas a palavra, *estupro*, só de ouvir me dava medo. Ela veio se aproximando, querendo cochichar: você sabe o que é estupro? Respondi sem pensar que se era coisa ruim eu não queria saber.

Assim que ela virou as costas para mim, eu escrevi a palavra *estupro*, mas talvez estivesse errado e fosse *estrupo*, mas assim que ela foi embora, eu piquei o papel em pedacinhos. Parecia um palavrão, um nome horroroso, que meu avô não podia saber que eu tinha ouvido, muito menos escrito. Fiquei pensando na professora, devia estar doente, sentindo muita dor. Sozinha, como eu ali naquela hora. Era cada vez mais difícil um cliente entrar no armazém para comprar mesmo que fosse uma caixa de palito de dente, um maço de velas, e o supermercado da cidade falavam que estava cada vez mais cheio, tinha até fila e máquina registradora. Às vezes eu me sentia mais sozinha no armazém do que trancada no meu quarto que era um tiquinho de nada. Aqui eu sempre esperava ouvir a voz de um freguês entrando para comprar alguma coisa, e no meu quarto eu não queria que ninguém nem abrisse a porta, a menos que eu estivesse doente.

Olhei o saco grande e arredondado de feijão com as bordas que meu avô ia enrolando conforme o saco esvaziava, como uma boca aberta virada para cima. Seis, exatamente, arroz limpo e arroz sujo, lentilha, milho seco, quirela e feijão. Enterrada no milho, mas com a asa aparecendo, a canequinha usada para completar duzentos gramas no saquinho conferidas no prato da balança depois. Certinho, nunca errava. Enfiava com força entre os grãos, enchia, e o saco ia murchando a cada vez que a caneca subia com muito cuidado para não desperdiçar nenhum grão. E a barriga da professora? Nem precisou murchar tanto, mas deve ter doído muito.

Galinha Preta

E aí, ainda quer descobrir aquelas palavras? Quero, respondi. Tá, tive uma ideia. Na casa dos gêmeos tem um dicionário novinho, a mãe deles ganhou no bingo da quermesse da igreja. Peraí, volto logo. O que você vai falar pra eles, perguntei. Sei lá, vou falar que é pra mim.

Não entrava nenhum freguês, e eu escrevi as palavras que a professora tinha mencionado naquele dia. Comunista e ditadura eram as mais importantes. E nos muros: abaixo a ditadura (ditadura de novo), morte aos comunistas (comunista outra vez); greve geral, liberdades democráticas. Precisava picar tudo antes que meu avô chegasse.

A Cegonha voltou erguendo um vidrinho: eles falaram que emprestam o dicionário se você encher isso aqui de éter. Fiquei olhando sem entender: como eles sabem que na minha casa tem éter? Ela apoiou os dois cotovelos no balcão: eu contei, nem sei, sei lá! E o que que tem, não é verdade? Tem é que meu avô não vai deixar, respondi. Seu avô não deixa nada, você não pode saber nada nem fazer nada. O que vai acontecer na hora que ele descobrir que você escreveu a redação do Gabriel? Senti vontade de esganar a Cegonha, mas, com a minha raiva, ela nunca se importou: acho justa essa troca, você enche isso aqui de éter e eles te emprestam o dicionário.

Dessa vez ela me deixou muito irritada e nem disfarcei: você disse que ia falar que era pra você! Ela respondeu erguendo os ombros: é que na hora achei mais justo falar a verdade. Não, não vou pegar nada do meu avô, se ele descobrir eu apanho. E também, o que eles vão fazer com o éter? Ela respirou fundo e sorriu entortando a boca: cheirar, ué, você nunca cheirou? Claro que não! Ela riu de novo bem entusiasmada: é assim, acho, me contaram. Você molha bem o pano, enfia no nariz e respira tudo de uma vez só, bem fundo, tudo que der. Daí você sente o corpo mole, tudo fica leve e começa a flutuar. Se buscar um pouquinho eu consigo te explicar melhor.

Era bom quando meu avô destampava o vidro. Aquele líquido tinha mesmo alguma coisa errada no cheiro. Tão forte, bagunçava tudo. Meu corpo vibrava e depois se dissolvia no cheiro do éter. Eu até conseguia rir do cotovelo do meu avô e das borboletas encaixotadas. O cheiro entrava pelo meu nariz e eu já ficava alegre por dentro. Se bem que para a Cegonha eu não ia falar nada disso, perguntei se ela achava certo. Ela parou de rir: credo, sei lá, acho que é errado, mas... Eu interrompi: se é errado, por que você quer fazer? Ela revirou os olhos para cima: porque é bom. Bom mesmo, juro! E também porque... sei lá... eu gosto de fazer coisa errada. É, gosto mesmo! Dá frio na barriga, uma cosquinha, vontade de dar risada e sair correndo.

*

Tudo o que eu queria era saber o significado daquelas palavras que a professora tinha falado e que apareciam escritas nos muros da Vila. E, então, imaginei passo a passo o que precisava ser feito. Bastava que minha avó fosse até o quintal e me deixasse sozinha dentro de casa, eu levaria a garrafinha dos gêmeos para a sala e despejaria o éter lá dentro. Depois era só jogar o vidrinho vazio do meu avô no assoalho, sem me esquecer de molhar o pano de chão com um pouco de éter e empurrar os cacos para o canto da parede.

Na janta, meu avô só perguntou como o vidrinho tinha quebrado. Respondi rápido: fui ver as borboletas, asas tão lindas, e esbarrei sem querer. Ele fez uma cara satisfeita e não disse mais nada.

*

Mostrei a garrafinha cheia, logo que a Cegonha entrou no armazém. Ela abriu os olhos, sorrindo com a boca inteira: sabia, você não consegue me enganar, também gosta de fazer coisa errada. Saí de trás do balcão e fui andando em direção a ela: não gosto não, não sou nada parecida com você, nada, nada. Quase falei: nem quero ser sua amiga.

Ela saiu apressada com a garrafinha e voltou trazendo o dicionário. Abriu em cima do balcão, e o acomodou entre nós duas. Ditadura a gente já viu. No outro não tinha essa palavra. É, acho que ditadura, governo e política é a mesma coisa.

Quer saber o que é comunista, né? Aqui, comunista: 1) de ou pertencente ou relativo ao próprio do comunismo: a ideologia comunista. 2) militante de partido comunista ou sectário do comunismo.

Fiquei inconformada, como se o dicionário estivesse me traindo, pegar o éter do meu avô tinha que recompensar, tanto esforço e acabar sem resposta? A Cegonha ficou mais brava ainda: ah, não, esse negócio de dicionário não serve pra nada, por isso que eu prefiro matemática.

Ela puxou o livro para mais perto: ditadura, não custa tentar de novo neste aqui. E foi passando o dedo de cima para baixo: dita, ditado, ditador serve? Aqui, aqui: di-ta-du--ra, ditadura. Deu sorte, logo aqui, "forma de governo em que todos os poderes se enfeixam nas mãos dum indivíduo, dum grupo, duma assembleia, dum partido ou duma classe". Entendeu? Todos os poderes? Que poderes? Enfeixa, o que é isso? O que quer dizer? Calma, ainda tem o 2: "qualquer regime de governo que cerceia ou suprime as liberdades individuais. Cerceia, suprime, cada palavra! E o 3, última chance: "excesso de autoridade, despotismo, tirania". Tá vendo, por isso que não uso dicionário, não adianta nada. Você entendeu? Depois vem ditadura do proletariado, ah! chega, esse livro é pra gente velha. Muito velha mesmo. Vou devolver.

Fechou o dicionário com força, e eu voltei para casa assim que meu avô chegou, poucos minutos depois. Eu tinha que conseguir um livro daquele. Se todas as palavras estavam lá, eu iria procurar uma a uma, cada uma delas, como se fosse um jogo, até descobrir. Porque uma palavra sempre explica a outra, e assim vai. Eu ia fazer desse jeito, uma e depois outra, uma depois outra, até ficar sabendo tudo.

*

Nem bem chegou, meu avô foi ver as borboletas. Caixas com bichinhos imóveis feito pedras, esticados como dobras de lençol. Asas pregadas com alfinetes, o nome escrito embaixo, nomes que elas não escolheriam para elas mesmas de tão complicados, nomes de coisas tão velhas, mortas há séculos e que ninguém mais sabia o que significavam, como o dicionário do avô da Cegonha.

Por que será que minha mãe gostava de borboleta? Isso eu não ia perguntar naquela hora. Tive uma ideia melhor: vô, me dá um dicionário no Natal? Por que você quer um dicionário? Inventei na hora: pra saber o significado dos nomes das borboleletas *Morpho*, *Caligo*, por exemplo. Ah, não, is-

so você não vai encontrar em nenhum dicionário de português. São palavras estrangeiras.
    Fui para a cozinha imaginando como seria um dicionário de palavras estrangeiras. Minha avó estava ajeitando os pratos no escorredor de madeira que meu avô mesmo tinha feito. Ele escolheu as madeiras com capricho porque ela sempre estava muito preocupada com a sujeira, com as bactérias e os germes. Falava disso enquanto ensaboava, lavava. Algumas vezes ela falava com raiva desses inimigos mortais invisíveis e que era seu dever combater, aniquilar. Em cada colher que esfregava, eu achava que ela queria salvar a família de doenças silenciosas e crônicas, como o meu reumatismo. Vencia batalhas e reconhecia com algum sofrimento o seu próprio esforço físico, seu heroísmo nas minúsculas explosões das bolhas de sabão. Esmagava todos eles com a esponja de aço que parecia um novelo. Ela não deixava uma única gota de água em cima nem dentro da pia, se orgulhava de quase não ver mosquitos dentro de casa, e encerava o vermelhão da cozinha mesmo se chovesse. Vó, posso ganhar um dicionário de Natal? Ela nem se virou para mim: presente a gente não escolhe e dar presente não é obrigação de ninguém, e tem mais, Natal é pra rezar, ir à missa. Sem falar mais nada, eu estendi a toalha, três copos, três colheres, uma para cada prato. O pão no centro da mesa, nos sentamos assim que meu avô apareceu na cozinha.
    Liberdades democráticas, ditadura, comunista. Mesmo sem entender, só por ter procurado estas palavras no dicionário, eu me sentia mais velha, coisa que sempre sonhava. Tão difíceis e cheias de segredo, complicadas de falar e de escrever. Ir atrás delas me levava pra mais perto do meu pai e da minha mãe, e eu gostava, mesmo sem saber se ainda queria, e o que elas significavam, porque me faziam sentir agarrando alguma coisa lá longe, sem contar com a ajuda de ninguém. Crescendo, eu saberia. E foi nessa hora, pensando

nas palavras enquanto a sopa esfriava, que ouvi um zum-zum-zum aumentado na casa vizinha, um desassossego chegando aos poucos, escalando o muro da nossa casa: a gente passou de ano, pai. Porra, pai! Eu tô merecendo apanhar? Por quê?

Minha avó correu para fechar a porta sabendo que não ia adiantar. Meu avô enfiou a colher de sopa na boca como se dissesse: continue comendo, não ouça, não te diz respeito. Tentei obedecer, pensar em outra coisa, até que o pai gritou: isso é pra você aprender que não é pra se meter com essas coisas. Tá me ouvindo, e você aí, ouviu também? Vou te encher de porrada, moleque. Onde arranjou essa merda? Não consegui desviar a atenção, o que será que eles tinham feito de tão errado? O pai continuava: com que dinheiro? Vão começar a roubar agora? Se não falar, arrebento os dois. E a resposta dos meninos, que poderia fazer com que o pai parasse de bater, não vinha. Meu avô foi fechando a cara e eu torcia para que eles dissessem alguma coisa, mesmo que fosse uma desculpa inventada qualquer que fizesse o pai deles parar de bater. Onde arrumaram isso? Isso o quê, eu me perguntava. Até que um deles respondeu: foi a Galinha Preta. Que história é essa de Galinha Preta? A que mora aqui do lado, ela pegou o éter do avô. A gente não teve que pagar nada não, ninguém roubou nada.

Meu avô me agarrou pelo braço e me arrancou da cadeira com tanta força que achei que fosse estourar minhas veias. Fui arrastada para dentro do meu quarto. Ele desafivelou a cinta sem tirar os olhos de mim, e veio para cima com uma fúria que aparecia toda vez que ele começava a me bater. Aqueles olhos pareciam o cotovelo dele, mas muito pior porque estavam prestes a explodir. Não contei quantas cintadas mas sei que foram muitas por causa da dor, do tempo entre uma e outra que eu implorava para não vir, pelas contrações nas pernas e também nos braços que ficaram marcados ao tentar me defender. Meu corpo molhado devia estar suando mais do que ele, mas era o suor dele que eu sentia. Cheiro de cavalo. Não mente mais pra mim, nunca mais, meu avô gritou com a boca apertada, tentando abafar o som que nem ele conseguia mais controlar, até que, de tão cansado, jogou a cinta no chão e saiu. Só então senti minha saia molhada, o xixi ainda escorrendo. Isso eu não ia esquecer.

Minha avó não entrou no quarto para impedir que meu avô me batesse tanto e nem depois para me dar boa noite. Então por que dizia que gostava de mim? Foram mais de quinze cintadas, bem mais. Galinha Preta?, como podiam me chamar disso? Chorava pela surra e pelo nome, era isso que eu era para eles? Quem ia namorar uma galinha? Qual deles falou isso? Eu não ia mais nem olhar para a cara dos moleques. Devem ter ouvido meus berros e nem ligaram. Eu era insignificante, talvez não fosse nada, ou fosse quase nada, "você é quase". Isso eu também nunca esqueceria.

*

Todo fim de ano eu ajudava minha avó a escolher uma galhada para fazer a árvore de Natal. Ela desfolhava, limpava, deixava no sol por uns dias e depois pintava os galhos de prateado. Esperava a tinta secar, abria a caixa de algodão do meu avô, desfiava as bolinhas até ficarem fofas e as equilibrava como montinhos de neve em cima dos galhos. Por último, as luzes coloridas amarradas nos fiozinhos que subiam pelo tronco, flores que acendiam e apagavam mudando de cor. Sempre do mesmo jeito. Meu presente ficava embaixo e quando abria o embrulho, que não era pequeno, eu já sabia o que tinha dentro. Vestido, blusa, meia e calcinha, tudo o que eu teria para usar no ano seguinte porque Natal não é para ganhar brinquedo, sempre diziam. E naquele ano, meu avô avisou, não ia ter Natal, nem árvore. Quem vai receber presente este ano é sua avó e eu, e quem vai dar é você. Faça a coisa certa. Eu bem que tentava, sempre tentei, apesar de que o vidrinho de éter... será que eu não sabia mais o que era coisa certa?

    Minha avó abriu a porta do quarto com cara de dó: quer que eu chame o Bambino pra brincar? Não respondi. De castigo eu não podia ver mais ninguém, e nem queria, nem a fotografia da minha mãe. Esqueci meu colar secreto, o saquinho preto com a foto ficou dentro da gaveta. Às vezes eu abria, cismada de que não encontraria o retrato, ou que veria outro rosto naquele papel, ou que a chuva tivesse apagado a única imagem que eu ainda tinha da minha mãe.

    Da Galinha Preta e da surra eu nunca me esqueci. Jurei não conversar mais com nenhum dos gêmeos, e desviava os olhos da minha avó porque não tinha me defendido por mais que eu gritasse, chega vô, pelo amor de Deus, para, tá doendo muito. Na frente dele eu abaixava a cabeça, o que ele deve ter tomado como sinal de respeito e arrependimento. Mas não era. O ódio aumentava a cada dia, pela morte da minha mãe, por ainda não saber nada do meu pai, porque nunca entendi o que aconteceu, e tudo isso só fazia crescer o silêncio da casa. Raiva das perguntas sem resposta, porque não me deixavam saber, me tratavam como criança e isso eu não era mais. Raiva pela vontade que ainda sentia de ver os gêmeos, Galinha Preta! Por deixar que a Cegonha chegasse sempre um pouquinho mais perto, raiva porque a professora foi embora e, a maior raiva de todas, a de mim mesma nas horas em que desconfiava que, se meu pai tivesse matado mesmo a minha mãe, teria sido por minha causa.

    A caixinha de veneno que meu avô me mostrou onde guardava — eu não tinha outra saída. Como seria engolir aquele granulado e ver a cara arrependida dos dois enquanto eu morria? Os dois... meu avô e minha avó; Uriel e Gabriel; meu pai e minha mãe. A caixa ficava escondida no buraco do muro e, de castigo, eu não podia ultrapassar a porta da cozinha. Melhor ficar sozinha mesmo, passaria toda a minha vida ali, torcendo para que a porta fechada do meu quarto nunca mais se abrisse. Era nisso que eu estava pensando quando ouvi: pode sair do castigo. Era o meu avô. Pulei da cama me perguntando como eu ia fazer para conversar com o açougueiro.

Cortina de carne

Entrei prendendo a respiração. Ar gosmento, cheiro de sangue morto, gordura endurecida e amarela, osso escuro por dentro. Açougue São Bartolomeu. Pedaços de carne pendurados em ganchos de ferro, moscas, manchas vermelhas no balcão. Ainda bem que meu avô tinha armazém e o cheiro do arroz era bom, docinho até, o da farinha nem tanto. Pior do que aquilo, só a peixaria do mercado municipal, ou o bueiro onde a noiva morreu. Se o açougueiro não tivesse me visto ainda, eu já estava pronta para ir embora. Mas percebi que ele me observava por trás das carnes, ao lado de um calendário de santos e uma porta mal encostada. Entrei sem conseguir encontrar um lugar onde não visse as carnes. Cogitei tirar os óculos para não ter que ficar olhando aquilo, mas ia piorar minha dor de cabeça.

Ele passou por trás da balança e das carnes penduradas uma do lado da outra como se fosse uma cortina. Os óculos grossos como os meus, lentes embaçadas. Fios brancos na cabeça, avental encardido e amarrotado. Coxa, sobrecoxa e peito de um lado, pele de frango e os pés de galinha com unhas longas entortadas de outro. Fígado, coração e moela, cada um numa bacia. Linguiças e a metade de um porco, tiras grossas de pele, focinhos e rabos expostos na parte de baixo, como numa vitrine.

O homem me olhava buscando alguma coisa que nunca tinha visto. Eu apenas tentava me afastar das carnes e dos miúdos, e ignorar o cheiro da moela que minha avó me fazia engolir. O cutelo em cima do balcão, o facão que ele devia afiar toda hora. A tábua de madeira escura riscada pela lâmina e pelas batidas do martelo ao lado das folhas de jornal com que embrulhava as carnes. Fazia o pacote em camadas, usando várias folhas, e mesmo assim, quando minha vó chegava com músculo, bife ou acém, o jornal molhado manchava a pia de vermelho. Mas ela parecia feliz com o cheiro da carne crua quando respirava mais fundo para dizer que era boa.

O açougueiro continuou me olhando quieto e me dei conta de que eu não sabia o que dizer, que pergunta faria primeiro, se ele se lembrava da minha mãe, se conheceu meu pai, ou se eu pedia meio quilo de músculo e saía carregando o embrulho que ia melecar minha mão e escorrer pelo braço até chegar em casa. Mas ele simplesmente saiu de trás do balcão e se aproximou tão devagarinho que me deu coragem: vim aqui porque queria saber da minha mãe e do meu pai. A professora disse que eu podia vir falar com o senhor. Fui abaixando a voz e a cabeça, enquanto ele não abrisse a boca eu não ia levantar os olhos; se ele não dissesse nada eu já estava de saída; se ficasse bravo, eu ia pedir desculpa.

Pensei que a voz fosse sair curta, sem fôlego, por causa do rosto triste e amassado. Mas ele soltou uma voz de martelo capaz de trincar osso: senta aí na banqueta e, se chegar alguém, você fica quieta e eu mudo de assunto, vamos conversar. Eu estava te esperando, sim. Você está grandinha, vai ouvir muitas histórias sobre a morte da sua mãe. Eu tenho uma versão. É a do meu filho também, eles eram amigos. Eu vou falar porque você está me pedindo. Tem estômago pra escutar?

Estômago, pensei, raspando uma unha na outra, como se, só depois de limpas, eu pudesse voltar a respirar. Ele empostou a voz e afrouxou o nó do avental: tudo aconteceu de noite. Entraram na casa por volta das dez horas, nem era tão tarde, simularam o assassinato da sua mãe pelo seu pai. Montaram uma cena de filme. O revólver dele jogado no chão, encostado no corpo da sua mãe. Dois tiros na cabeça, morte cerebral. Está escrito nos autos, mas você tem que saber que nenhuma fotografia foi tirada no local, *nenhuma*. A Vila toda sabia que seu pai tinha um revólver, ele não escondia. Ao contrário, fazia até questão de mostrar. Depois eu soube que ele fazia a segurança das reuniões, por isso andava armado. Janela do quarto aberta, porta da casa aberta. Fora a maleta com algumas roupas dele, não sumiu mais nada. É o que está escrito. Até hoje ninguém explica como foi que a polícia conseguiu descobrir tão depressa. Entraram na casa minutos depois, sendo que ninguém viu nem ouviu nada, um único vizinho. Quem chamou a polícia? O açougueiro espantou a varejeira do balcão e largou o pano com raiva: não, ninguém sabe, até hoje. Impossível? Também acho. Uma casa colada na outra e ninguém ouviu nem viu nada? Ninguém *quis* falar nada, isso sim. Então, escuta bem, a única coisa que você pode ter certeza é que sua mãe morreu. Quem matou? Pra uns foi a polícia, pra outros foi seu pai. Eu não acredito que tenha sido ele, de jeito nenhum.

    Eu já estava ficando muito nervosa: e meu pai, o que aconteceu com ele então? Nos documentos lá da delegacia, consta que seu pai fugiu depois de atirar duas vezes. Mais uma mentira. Cadê meu pai, então? Comecei a tirar lasquinhas da unha com o dente, enquanto esperava a resposta: ninguém sabe, seu pai é um desaparecido.

    Desaparecido! Esta palavra me irritou e me deu força ao mesmo tempo: ninguém desaparece! Como alguém pode desaparecer? Desaparecido é modo de falar. A polícia política escondeu ele, está preso em algum lugar. A varejeira voou entre nós dois e ele bateu no ar com o pano pendurado no ombro. Por um segundo achei que ia me acertar com aquele trapo cheirando a roupa mofada, mas logo vi que estava triste, tanto quanto eu. Jogou o pano no balcão e continuou a falar, perguntando: entendeu? Eu acenava que sim com a cabeça para que ele não percebesse minha vontade de vomitar. Meu pai, desaparecido!

    O Capitão sumiu com ele, mas a ordem veio de cima. Enquanto explicava, o vulto do Capitão apareceu do nada bagunçando minha cabeça. Eu podia ver o coturno, o coldre, a farda, todo o corpo dele, menos o rosto. Eu conhecia aquele homem desde que nasci, e meu avô dizia que eram amigos. Ele era meu padrinho, como isso podia ser? O açougueiro falava, martelava, o general, o general. O único general que eu conhecia era o homem velho do retrato pendurado na parede da sala da diretora, Presidente da República de uniforme e medalhas no peito. Minha cabeça dava voltas, general, presidente, capitão, e uma coisa é certa, foi a palavra comunista, repetida duas vezes, que me fez voltar a prestar atenção no que ele dizia. Então olhei bem para ele, porque isso eu precisava saber: meu pai era comunista?

    Não, não era. Meu filho, sim, era comunista. O outro amigo deles, o Edu, dizia que era revolucionário, nem comunista nem marxista. A história desse menino foi a mais terrível de todas. Morava na cidade, mas estava sempre aqui na Vila. Teve um dia que ninguém mais soube dar notícias dele. Pouco depois o retrato do Edu apareceu na televisão: "terrorista morto", foi assim que a família ficou sabendo e a Vila toda também. Consegue imaginar o pai e a mãe nessa hora, ouvindo aquilo e vendo a fotografia do filho na televisão? O caixão foi trazido lacrado, ninguém podia nem chegar perto, o corpo devia estar todo metralhado. Chegou à tarde e foi enterrado à noite, no mesmo dia. Como se isso já não fosse muito, algumas semanas depois o delegado de polícia, presta bem atenção, o de-le-ga-do atropelou o pai do Edu, um homem que nunca fez política na vida. Morreu na hora. Tinha também um médico, bem mocinho, que veio trabalhar no Centro de Saúde. Acho que o padre também participava, e duas freiras que ensinavam adultos a escrever. Falavam o que pensavam, e nesse lugar aqui, qualquer morador que critique o prefeito ou que não abaixe a cabeça pro Capitão é tachado de comunista, e como os comunistas não são humanos para eles, podem dar sumiço, prender, torturar. Sabe por quê? Porque isso aqui é uma ditadura e ditadura é assim: ou é meu amigo ou meu inimigo, ou está comigo ou contra mim.

Ditadura? Perguntei olhando as carnes fincadas no gancho preso na vara acima do balcão. Seu rosto mais tenso me fez abaixar a cabeça de novo, mas continuei atenta a cada palavra: ditadura é esse governo, mas não é só o governo e os militares, não, ele continuou, é toda essa gente aqui. O que é essa gente, o que esse povo pensa? São duas partes que se completam, não tem um sem o outro, você está entendendo? Esse povo aceita tudo, *Deus quis assim* — adoram essa expressão. Ninguém quer saber de nada, só querem proteção da polícia e pedir favor na prefeitura. Querem saber do salário, do emprego. Tirando um ou outro, a maioria é assim.

Dessa vez, senti que não era para mim que ele falava, talvez falasse com ele mesmo e estivesse incomodado com o que dizia: o povo quer saber quanto tempo isso vai durar, quanto tempo os militares vão ficar no governo. Veja como as pessoas raciocinam. Se for passageiro é melhor esquecer, nem pensar muito, deixa quieto que passa. Se for duradouro, melhor calar a boca de uma vez. Então é sempre a mesma desculpa, ninguém sabe nada, não viu nada, não fala nada. Eu não conseguia entender tudo o que ele estava tentando me explicar. Talvez ele não se importasse ou não percebesse a minha idade, ou tivesse muito o que falar e pensasse que ia ficar tudo gravado na minha cabeça e um dia eu ia entender. Todo adulto pensa assim.

E por que escreveram aquilo no jornal, com a fotografia dos dois e tudo? Eu li que o meu pai matou minha mãe e depois fugiu! Besteira, tudo inventado. E o Capitão, como pode ser meu padrinho e ter matado meu pai? Porque é assim que as coisas funcionam. Quem tá na frente é o Capitão, valentão, fama de matador. Aqui na Vila as coisas sempre foram assim. O capitão entrou no lugar do coronel que tinha aqui. O Capitão não faz o trabalho diretamente, o coronel também não fazia. O coronel tinha capanga e o Capitão tem funcionário público. O Capitão apareceu quando as fazendas já não davam tanto lucro, chegaram as fábricas. Ele arruma emprego na prefeitura e expulsa dos barracos pra fazer loteamento. É sócio, estica a iluminação elétrica, leva água, e o povo fica devendo favor. Favor e voto. Com as eleições eles ainda não acabaram, não com todas. Tem voto pra prefeito, deputado e senador. Por isso o prefeito vem, inaugura, e todo mundo trata isso como favor pessoal. Esta Vila não sai do lugar, fica derrapando, vai, volta, afunda o pé no mesmo buraco.

 E eu perguntei de novo, quase implorando: tem certeza de que meu pai não matou minha mãe? Olha pra mim, ele pediu, seu pai *não* matou sua mãe. Vou repetir. A polícia atirou na sua mãe, simulou o assassinato dela pelo seu pai porque queria sumir com ele. Ele estava ajudando a organizar uma greve aqui na Vila e a polícia mandou aviso, ia prender todo mundo, seu pai disse que não ia aceitar, que ia ter greve e continuou indo nas fábricas, falando com os operários, o sindicato cada vez mais cheio. Depois que o Edu foi morto, meu filho achou que também seria, foi embora, não podia mais ficar no país. Mas seu pai ficou, disse que daqui ele não saía. Vou te dizer uma coisa. Cuidado com o que você lê no jornal. Quem escreveu o laudo foi o Capitão e quem manda no jornal é o prefeito e o dono da rádio é puxa-saco dos dois. Eu tive que interromper: mas por que o Capitão fez isso com o meu pai? Porque seu pai andava com gente que era tachada de comunista, falava pra quem quisesse ouvir ele que era contra esse governo, que isso era uma ditadura, golpe, e não revolução. Só por isso?, eu perguntei. Pois é, aí é que está. Não faz sentido pra você? Pra mim também não. Mas alguma coisa aqui na Vila faz sentido?

Eu não conseguia entender por que o meu avô me obrigava a chamar de padrinho uma pessoa que sumiu com o meu pai. Achei que o açougueiro fosse pedir de novo para eu ir embora, mas ele só falou para eu esperar um pouco. Cortou um pedaço de carne, embrulhou no jornal e me entregou: leva para a sua avó, ela tinha encomendado. De repente parou de embrulhar e olhou a fotografia do jornal: aqui, ó! Leia esta manchete, exatamente o que eu estava falando: dois ex-presidentes da república morreram no mesmo ano. Dois! Aqui fala assim: fatalidade, acaso, coincidência... Pensa bem, me responde, não é *muita* coincidência? Empurrou a folha do jornal para o meu lado. Dois homens de terno, sorrindo, cada um numa foto diferente. Até aquele dia eu achava que todo presidente da república tinha que usar farda. Muito estranho o que estava escrito: em menos de quatro meses morreram dois ex-presidentes. Entende o que eu estou falando? Um morreu de acidente de carro, versão oficial. Mas falam em sabotagem. O outro de ataque cardíaco, mas falam em envenenamento... Sabe o que é pior? Te garanto que, daqui a alguns anos, ninguém mais vai se lembrar de que dois ex-presidentes civis de oposição aos miliares morreram no mesmo ano. Você acha suspeito? Então vou te dizer que tem mais, um ex-presidente militar, o primeiro deles, o primeiro deles depois do golpe, também morreu num acidente de avião que, olha só, colidiu com outro avião. Só que esse outro avião era da Força Aérea Brasileira. Como pode? E depois da morte dele, a coisa piorou, começou a pauleira brava mesmo. Então, vamos lá, me ajuda a fazer uma conta aqui: em onze anos morreram dois ex-presidentes e um presidente em exercício, assim, do mesmo jeito, acidentalmente, *acidentalmente*, como pode, você acredita nisso? Você vai ver, daqui a poucos anos ninguém mais vai lembrar.

    Eu não entendia quase nada do que ele estava me falando. O que tudo aquilo tinha a ver com o meu pai e a minha mãe? Quando ele pegou fôlego, eu aproveitei: e a minha professora, onde ela foi morar? Por que ela foi embora de repente, sem falar nada? É... a diretora deu um jeito, arrumou uma transferência urgente pra outra cidade. Por quê? Porque ela estava grávida e comentou por aí que ia tirar o bebê. Ela me pediu pra te dizer que não teve como se despedir de você, ela queria mas não teve tempo, vai te mandar uma carta quando puder. É... eu também não me despedi do meu filho. E agora vou te dar um conselho, vai devagar com essas histórias. Está vendo o céu lá fora? Estou, respondi. É melhor você voltar pra casa, aproveita pra chegar antes da chuva. E olha, se seu avô te descobre aqui, você vai apanhar de novo.

    Como ele sabia que eu tinha apanhado? Peguei o embrulho de carne e percebi que tinha alguém espiando pelo vão aberto da porta. Deu para ver bem, era a mulher do açougueiro. Assim que cheguei em casa, abri a porta do meu quarto, peguei um caderno e escrevi tudo, palavra por palavra do que ele tinha contado. Se o jornal tinha escrito uma história falsa, eu também queira escrever a minha versão.

Azul e vermelho

Nem bem entrou no armazém e foi logo perguntando: o que você foi fazer lá no açougue? Eu não tinha mais paciência. Vontade de espantar a Cegonha com o pano fedido do açougue, espetar seu pescoço com a ponta do gancho. Falei com toda raiva que consegui juntar na hora: apanhei por sua causa, não quero mais ser sua amiga e nem dos gêmeos, você pode ficar com os dois. Foi só terminar a frase para sentir um aperto na boca, como se eu tivesse me arrependido do que tinha acabado de falar. Ela me encarou: também apanhei por sua causa, esqueceu? Não esquece não, agora estamos quites. Minha vontade era de gritar que meu pai não era um assassino, que tudo o que estava escrito no jornal era mentira! Abaixei a cabeça e fiquei quieta porque ela ia retrucar e eu queria mesmo é que ela fosse embora.

Tá, eu vim pra te contar uma coisa que você também pode fazer, pelo menos comigo deu certo. Perguntei o que era, e pedi que ela fosse rápida porque eu precisava contar o dinheiro do caixa do armazém. As pessoas só compram na caderneta, que dinheiro você vai contar? Tá bom, fala logo.

A Cegonha se agitou: quando a minha mãe me bateu, no finalzinho da surra, antes que ela acertasse outra cintada, eu agarrei a mão dela. Não pensei que fosse conseguir, nem que tinha tanta força, mas eu já estou na altura dela, né? E aí, com a outra mão, a minha mãe agarrou o meu cabelo. Fiz a mesma coisa e ela percebeu que tudo o que ela fazia comigo, agora eu podia fazer com ela também. Puxei o cabelo com força mesmo. Ela gritou e largou o meu. Corri para o quarto e tranquei a porta.

Nessa hora eu disse que ela sabia muito bem que no meu quarto não tinha chave, mas pareceu nem ter ouvido: falta pouco pra você alcançar o tamanho do seu avô e ele é mais magro do que a minha mãe. E com essa doença, vai ficar fraquinho logo, logo. Foi minha mãe que disse, eu não entendo nada de doença.

*

Passei mais ou menos uma semana acordando antes do primeiro apito do trem e dormindo muito depois do último. Se dependesse de mim, escolheria a versão menos ruim e meu pai não teria matado a minha mãe, nem fugido e me deixado para trás. E podia não ser nada disso porque, se estivesse morto, nunca mais voltaria. Mas se ele fosse um desaparecido, um dia ele ia aparecer.

Bem que podia cair uma chuva grossa e comprida que arrastasse tudo, limpasse tudo e fizesse brotar o que nunca tinha existido antes. Sempre gostei de água, chuva e piscina. Piscina! Eu já podia mergulhar nela, estava de férias. Sentia vergonha de usar maiô na frente dos outros, pernas grossas, gordura na barriga, três dobrinhas quando me sentava. Vestia o maiô depressa e me jogava correndo na água.

Naquelas férias eu ia aprender a nadar de verdade. Enfiei o maiô na sacola azul, uma toalha, o pente, um elástico a mais, de reserva, no pulso. Meu avô estava passando o café e ele só fazia isso se minha avó estivesse dormindo ainda, coisa muito rara. Vô, posso nadar na piscina municipal? Sol forte e, mesmo assim, uma nuvem cinza no canto do céu. Se ele tivesse reparado, teria dito *não*. Foi muita sorte. Tchau, vô.

Oito quarteirões, dez minutos. Vesti o maiô apertado e entrei correndo na piscina. Mesmo sem óculos eu conseguia acompanhar os movimentos na cor azul naquela água. Azul brilhante e transparente o dia todo mas, à tardinha, quando o céu se incendiava, aparecia uma faixa lilás se esticando devagar, e a água ia junto, e mudava de cor conforme o sol se escondia. Eu não sabia nadar direito, mas também não me afogava. Aquele azul tinha o poder de fazer com que meu corpo não afundasse, tudo em volta cada vez mais leve, leve, eu quase podia sentir o cheiro do éter, ficaria a vida toda flutuando naquele céu.

Os primeiros pingos de chuva caíram na minha cabeça, desceram pelo pescoço e pelos ombros. Água fria no corpo, água gelada batendo na cabeça e escorrendo pelo rosto. Era como não pensar em nada. A cor da água escureceu um tiquinho e depois se acendeu devagar, como as asas da borboleta que eu mais gostava, a mais comum, meu avô fazia questão de frisar: essa borboleta azul é tão comum! Sorte minha, podia encontrá-la mais vezes por aí. Não conhecia nenhum bicho azul, exceto os que voam, passarinhos azuis e borboletas azuis. Um mamífero azul seria engraçado, peixe azul eu não sabia se tinha, flores azuis, coisa muito rara, aqui na Vila só em trepadeira ou hortênsias. Pedra azul eu nunca vi também. Os desenhos e o som que os pingos me hipnotizavam. Pensar em nada, qualquer coisa, uma boia solta na água. Água azul, azul... por quanto tempo uma borboleta azul consegue voar?

A chuva engrossou que nem caldo de sopa e ainda assim ninguém me mandou sair da piscina. A vigia que tomava conta não estava mais ali. Todo mundo sabia que era proibido ficar na água por causa dos raios. Melhor correr para o vestiário, era só contornar a mureta que batia na minha cintura. As pedras claras no chão, o lava-pés de cerâmica vermelha. Parei atrás da mureta. Em vez de entrar no vestiário me sentei ali para ver a chuva que aumentava. Ainda bem que de longe eu enxergava um pouco melhor. Ninguém por perto, até poderia voltar para a água. Chuva e sol, o cheiro do açúcar na água doce, o puxa-puxa que a minha avó fazia.

    Ouvi vozes de meninos saindo do vestiário masculino. Identifiquei na mesma hora, tive certeza que eram os gêmeos. Eu podia ter ido embora no mesmo instante, devia ter feito isso, mas fiquei. Começaram a discutir e percebi uma terceira voz que parecia a do Bambino. Um deles gritou: tá na hora de caçar o Bambi! Não me lembro exatamente como foi, só vi alguém caindo no chão, não muito longe da mureta. A chuva apertou. Deu para ver um pedaço das costas dele, do calção azul, o braço. Assim que pôde, ele se levantou e correu para o vestiário. O outro correu para cima do Bambino berrando: desgraçado, eu te arrebento, acha que vai conseguir escapar?

    Mesmo com a tempestade, deu para ver quando ele pegou o cabo da peneira da piscina e foi para cima do Bambino. Atrás da mureta, eu poderia ter me agachado, só que naquela hora foi como se, vendo o que acontecia, eu pudesse me proteger. Alguém devia estar tomando conta, sempre tinha uma pessoa vigiando, mas não desta vez. Quando ouvi o Bambino gritando, corri para o vestiário feminino. Blusa e saia por cima do maiô mesmo, agarrei minha sacola azul e saí depressa, mas sem correria para não chamar a atenção. Tudo o que eu queria era chegar em casa sem encontrar ninguém no meio do caminho. Dessa vez a chuva ajudou.

Não vi nada, não vou falar nada

Foi um conforto pôr o pé dentro de casa, sentir o cheiro da cera na cozinha, ver as panelas no chão do corredor, embaixo das goteiras. Minha avó na igreja ainda, novena para a noiva morta, ela já tinha avisado. Uma reza todo dia cinco, durante nove meses, a mãe da noiva pediu.
    Corri para tomar o banho mais comprido da minha vida. Poderia ter ficado o resto da tarde no chuveiro, não fosse o meu avô batendo com força na porta: tá gastando muita água! Fechando a torneira, deu para ouvir o que conversavam: é, isso mesmo, na piscina municipal. Agora à tarde. Um dos gêmeos quase matou o coitado do Bambino, pescoço destroncado, acredita? E ninguém sabe qual deles saiu correndo e deixou o menino lá largado, depois de esmurrar o coitado. Não foram os dois, não. A vigia viu de longe e falou que foi só um, um dos gêmeos, vai saber qual.
    Abri a porta para ouvir melhor: o Capitão estava aqui na rua até agora, em frente à casa deles, e saiu pouco antes de você voltar da reza. Chegou no carro da polícia, sirene, mais três guardas. Tiraram os dois de dentro da casa e o interrogatório começou na calçada mesmo, na frente de quem quisesse ouvir: quem fez aquilo com o Bambino? O pessoal da rua percebeu o movimento, queria saber o que tinha acontecido. Um soldado confrontou os moleques: os dois vão entrar no pau ou vai aparecer o culpado? Aí vi uma coisa que

jamais presenciei em toda a minha vida, um irmão acusando o outro, dizendo foi você, não, foi você, seu filho da puta. Falavam desse jeito, com essas palavras!

Deus do céu, minha avó interrompeu. Deus do céu, meu avô repetiu, juntaram umas quinze, vinte pessoas na calçada e alguém berrou: quer saber qual? Tanto faz, é tudo da mesma laia. E os outros repetiram: é mesmo, tudo da mesma laia, pau nos dois. Eles estavam prontos pra jogar pedra. E olha que se o Capitão não tivesse enfiado os gêmeos dentro do camburão, era isso mesmo que ia acontecer. Minha avó se irritou: você está sempre achando que o Capitão salva todo mundo. E não é? E a mãe deles?, minha avó quis saber. Ela não estava lá e, quando chegou, não conseguia entender nada. Pelo amor de Deus, o que eles fizeram?, gritava feito uma louca. Não fiz nada, mãe, e um continuava acusando o outro. Muito feio ver aquilo, o povo ficava mais alvoroçado ainda. Acaba com os dois, gritavam para o Capitão. E o Bambino?, minha avó quis saber. Foi direto pra Santa Casa.

Parecia que eu tinha levado uma bolada na cabeça. Meu avô bateu de novo na porta do banheiro. Estou saindo, eu disse, enquanto me sentava na privada tentando juntar as coisas. Revi tudo o que tinha acontecido na piscina e me lembrei de quando um dos gêmeos caiu no chão. Era fácil saber quem tinha feito aquilo com o Bambino porque, quando um deles foi embora, o outro gritou: vai fugir, Gabriel, virou marica também, é? Vai deixar o Bambi só pra mim?

*

Meu avô entrou no quarto antes de apagar a luz: você viu os gêmeos na piscina? Por que, vô, por que o senhor está perguntando isso? Porque você saiu hoje à tarde e disse que ia nadar. Ele coçou a cabeça muito preocupado: melhor ficar quieta, não se meta nessa encrenca!

Mas, vô, é justo? Os dois vão pagar se só um é culpado? Pergunta errada, ele disse, porque é assim que a vida é, nem justa nem injusta. Homem é bicho, bicho é natureza. A natureza é justa? Quando cai uma tempestade, uma tromba d'água, derrubando casa, arrastando gente, soterrando, matando, como acontece aqui na Vila, você faz o quê, sente raiva da chuva? Vai se vingar da tempestade porque morreu gente numa inundação? E Deus, vô, Deus é justo? Essa sim, pergunta certa. Presta atenção, escuta bem, se o mundo fosse justo, Deus teria criado o céu? Pra quê? O céu não foi criado por Deus exatamente pra receber os que padecem com as injustiças desse mundo? Deixa por conta dele e não faça besteira. Não se meta com gente errada que a vida dá certo. E foi assim que ele pôs um ponto final na nossa conversa: você vai me prometer, prometer que não viu nada e não vai falar nada. Repete.

Não vi nada, não vou falar nada.

Pernas e asas

A partir daquele dia a casa ao lado começou a ficar mais quieta que a nossa. Os gêmeos passaram a noite na delegacia e mesmo depois que voltaram e, na hora do almoço, não ouvi nenhum som de panela, nem de prato, nem garfo. Minha avó fechou a torneira e enxugou as mãos no avental: os gêmeos voltaram, vi quando fui no armazém. Estão cheios de marca no corpo. Eu não sabia que ela também reparava no corpo deles. Abriu o guarda-chuva e nem terminou de lavar a louça: me ajuda aqui, bela, vou ver o Bambino, saber como ele está. Busquei minha boneca: leva pra ele, vó? Ela franziu a sobrancelha escondendo sua reprovação. Tchau, bela. Deixa que eu lavo tudo, vó, não preciso ficar no armazém hoje. Recolhi sua roupa antes da chuva, bela, estão dobradas em cima da cama e antes que eu me esqueça, sua amiga trouxe um pacote pra você. Está lá, junto com as roupas.

Fui direto para o quarto, abri o embrulho que parecia um livrinho, me lembrando do presente que não chegou no Natal. Dicionário daquele tamanho, eu ainda não tinha visto. Tão pequeno, ia adiantar? Melhor que nenhum. Se eu mostrasse para o Bambino, aposto que ele ia querer. A capa não era feia e, dentro, uma lista imensa de palavras, tantas que, com certeza, muitas delas eu morreria sem saber. Folheei sentindo o cheiro do papel e procurei outras palavras, escolhidas ao acaso. Torrencial, retroceder, âmbar, bisonho, diacrônico, álamo. O mundo inteiro naquele livrinho. Podia ficar mais tempo ali, mas tinha que fazer outra coisa antes que meus avós voltassem. Estranho, faltava a primeira página do dicionário. E a última também. Continuei folheando, de alguma coisa eu suspeitava, até encontrar, bem no meio, o carimbo da biblioteca municipal. Se meus avós descobrissem, ah!, isso eu não ia contar nunca.

*

A campainha tocou e eu fui atender a porta. Boa tarde, trouxe essa borboleta pro seu avô, ele pediu pra deixar aqui com a sua avó. Obrigada, ela saiu, pode me dar. Eu não mexia nas caixas que chegavam, mas dessa vez eu abri meio sem querer. Se meu avô queria tanto me ensinar a cuidar delas e se elas seriam minhas como ele falava, ele não ia achar ruim. As borboletas eram entregues vivas e talvez tenha sido isso, eu queria ver uma vivinha, bem viva mesmo, antes que ele a matasse.

Fiz um furinho no papelão do tamanho do meu dedo, uma abertura de nada, que desse para espiar lá dentro. Encolhida num canto, assustada comigo, apavorada, sabendo o que ia acontecer, era isso o que eu pensava. O bichinho tinha um corpo de palito, comprido e com antenas. Não dava para ver muito bem, não conseguia alcançar o mais importante, as asas. Limpei meus óculos, tentei de novo, nada de asas! Mas não existe borboleta sem asas! Virei a caixa para os lados, e ela se mexeu. Aumentei o buraco, precisava enxergar tudo lá dentro, e eu só conseguia ver o corpo. Alguma coisa de errado tinha ali. Meu avô não ia comprar uma borboleta sem asas, se era justamente das asas que ele gostava. Além de estranho, era nojento. E não era uma lagarta, com certeza não, o corpo era estreito demais. Uma borboleta sem asas era uma borboleta sem roupa, sei lá. Abri mais um tantinho. Impossível, aquilo era muito bizarro, o bichinho não tinha asas! Tampei o buraco com um pires, fosse o que fosse não podia escapar.

*

Minha avó voltou ainda mais branca do hospital: como alguém pôde fazer isso com o menino? Ficamos quietas. Ela só me tocava para saber se eu tinha febre, pentear meu cabelo, ou tirar minhas medidas com a fita métrica. Mas naquela hora ela se levantou e me abraçou: uma criança querendo matar outra criança, e tudo aqui, bem aqui na nossa fuça.

Espiei pelo basculante a casa dos gêmeos. Repulsa, aversão, Galinha Preta. Então, por que estava sentindo dó? Só eu sabia quem tinha feito aquilo, ninguém mais. Quem vê um crime é obrigado a contar? E naquela hora, pensando bem, lembrando tudo de novo, eu não vi ninguém fazendo nada. Um deles foi embora. Depois disso eu também fui, não vi nem ouvi mais nada.

Nós duas caladas, olhando o chão. Finalmente minha avó abriu a boca: sabe o casal que acabou de se mudar pra Vila, a família de pretos? Ele é advogado, lembra? Ele estava no hospital, foi ver o Bambino também, e explicou que se os gêmeos tivessem dito que não fizeram nada a polícia não poderia prender nenhum, porque na dúvida e sem provas ninguém pode ser preso. Os idiotas, ao invés de ficarem quietos, fizeram justo o contrário, um acusou o outro. A Vila está revoltada e esse povo nunca deixa de encontrar um culpado, mesmo sem saber o que foi que aconteceu de verdade, mesmo sem saber a história inteira. Desta vez vão encontrar dois. Ele prometeu que vai ajudar a resolver o caso e que quem tiver alguma informação, a porta do escritório está aberta. Aqui na Vila ele atende sem cobrar, sabia? Ouvi dizer que é um bom advogado e, sobre a cor dele, ninguém mais comenta, nem que é evangélico. Também disseram que o Capitão ficou tinindo de raiva quando soube, disse que as pessoas têm que contar é pra ele, que advogado não serve pra nada. E que vingar o Bambino é questão de honra.

Fui para o meu quarto me lembrando da promessa que fiz ao meu avô. Não vi nada, não vou falar nada. Pensando bem, eu não *vi* nada, eu *ouvi*. Pena que essa desculpa não ia valer para ele.

Um trovão seguido do outro, fechei a janela. Alguém girou a maçaneta. Meu avô entrou segurando a caixa da borboleta que eu tinha recebido, o pires ainda em cima. Não aguentei, quase ajoelhei quando disse: vô, fui eu, abri porque queria ver a borboleta, fiz só um buraquinho, né?, e juro que se a borboleta não tem asas, não é culpa minha. Ele se sentou com a caixa na beirada da cama e eu já antevia suas narinas enormes se abrindo e fechando conforme ele bufava, quando ele explicou: não é isso, não. Olha aqui, vim te mostrar. É uma *Greta oto*. É o nome dela, desta borboleta. As asas são transparentes, por isso você não viu. Aqui, se prestar bastante atenção, dá pra ver o contorno das asas. Uma linha bem fininha, viu? Parecem asas de vidro.

Não conseguia acreditar, aquilo era muito estranho. Borboletas com asas transparentes eu nem tinha imaginado. Mas ela estava bem ali na minha frente. Transparente como o meu batom escondido na mesinha de cabeceira. Meu avô saiu tossindo muito, e correu para o banheiro: asas de fada, invisíveis como as da minha Bella, dessa você gostou mesmo, não foi?

Atrás das palavras

Ainda bem que foi na hora do almoço. A mulher do açougueiro passou em frente ao armazém espiando se tinha mais alguém e, quando viu que eu estava sozinha, tomou coragem: você pode me encontrar hoje na igreja, antes da missa das cinco, minha filha? Respondi que sim, a igreja era o único lugar que eu podia ir à hora que quisesse. Ela saiu mancando, quatro e meia lá dentro. *Minha filha*, desse jeito mi-vó nunca tinha me chamado.

Logo na entrada, ao lado da porta de madeira marrom, ficavam colados os avisos e os agradecimentos. No canto da parede, um cartaz novo. Cheguei mais perto e ajeitei meus óculos para ler *Campanha da Fraternidade. O ser humano precisa da comunidade, tende para a comunidade... Queremos rever as diversas comunidades que devemos formar e integrar: a Família, a Escola, a Empresa, a Paróquia, a Comunidade Eclesial de Base, a Comunidade Civil e Política.*

Não entendi nada. A igreja era um lugar que eu sentia ser meu e que, ao mesmo tempo, era cheio de segredos. O missal em cima do banco, a bolsa aberta do outro lado. Senta, filha, aqui, mais perto. Fui diretora da sua escola, sabia? Não, eu não sabia. Fui madrinha de batismo da sua mãe, sabia? Não, eu não sabia nada do que ela estava me contando.

Pensei em você nesses dias todos, depois que você foi no açougue. Eu roía a unha para não respirar o hálito da sua boca. Chegava cada vez mais perto, arregalava os olhos no rosto murcho e apertava meu braço o tempo todo: vou contar uma história porque é a maneira mais fácil de fazer com que você entenda. Ela falava mesmo como diretora de escola: há um ano, neste mesmo mês de janeiro, da sala de casa eu ouvi a voz de um adulto chamando lá fora. Uma voz de mulher que eu nunca tinha ouvido antes. Abri a porta e um menino pequeno, deste tamanho, batendo aqui na minha cintura, me entregou um pedaço de papel, um bilhete onde estava escrito *vou ficar por uma semana. Por favor, me leve para dentro, ninguém pode saber que estou aqui. Me deixe neste portão na próxima segunda-feira às 22 horas em ponto. Estarei seguro se fizer isso e rasgar este papel.* Acabava aí, mais nada escrito, nenhuma assinatura. Ouvi a partida de motor de carro, alguém tinha deixado ele ali, foi tudo muito rápido. Entendi o motivo depois, e aos poucos. Reconheci a letra do meu filho, o menino tão parecido com ele. Fiz de tudo pra não chorar na frente da criança. Meu neto, eu nem imaginava que tinha um. Na semana que passou conosco, percebi, pela primeira vez na vida, o quanto alguém pode sofrer por não poder falar, não poder perguntar, não poder saber nada da sua própria vida. E ainda tão novinho!

    Eu não estava entendendo aonde ela ia chegar. O padre saiu do confessionário, a mulher fez o nome-do-pai e eu a imitei. Meu netinho não perguntava nada, não respondia nada, como se eu não pudesse saber da vida dele e nem ele da nossa. Ele nos chamava pelo nome, nem de vô nem de vó, por mais que insistíssemos. No início, achei que falava português com muito sotaque e por isso ficava tão quieto.

    Paris, o filho morava em Paris, a Vila toda sabia. Fiquei com vontade de dizer que era muito triste ficar tão longe de alguém de quem a gente gosta tanto, só para ela respirar e me dar a chance de perguntar do meu pai e da minha mãe. Se tinha me chamado, era porque alguma coisa ela ia me contar. E a mulher não parava: muito quieto mesmo, sabe? E era um silêncio desesperado, dava pra sentir o medo no modo como ele se continha, travando o corpo e a língua, uma tristeza muito pesada pra uma criança tão novinha. Pai e mãe brasileiros, então, por que ele se escondia assim por trás das palavras? Às vezes ele entendia, outras vezes não. Eu podia fazer a mesma pergunta seguidamente, quantas vezes fosse, ele não abria boca. Se insistisse pra que ele respondesse, balbuciava palavras ininteligíveis, e não era francês, só pra se livrar da pergunta. Ele entendia tudo quando conversava sobre comida, brinquedo, ou quando explicava os desenhos que fazia. Mas sobre os pais, o lugar onde moravam, qualquer coisa sobre a vida dele, nem uma palavra. Você já viu alguém sem história? Se eu perguntasse como é a sua escola, a rua onde ele mora, o que seu pai faz, o nome dele, coisas assim, ele não respondia nada. Foi treinado mesmo, treinamento de guerra. Criança que aprendeu a não falar. E se o pai dele, o meu filho, pediu pra que ele não abrisse a boca, não perguntasse, não contasse nada, nem pra nós, os avós, como será que ele conseguiu justificar um pedido desses a uma criança?

Eu acompanhava, tentando entender uma história tão triste, só para que ela me contasse da minha mãe e do meu pai. Ela começou a fazer mais perguntas: imagina isso? Uma criança que não pode falar dela mesma é como se a vida pudesse ser apagada. Um menino sem registro, sem nada pra se lembrar, compartilhar, um clandestino de seis anos de idade se escondendo da polícia, meu neto sem poder sair da minha casa. Imagina se o Capitão soubesse que ele estava lá! Não pusemos o pé na calçada, e a minha vontade era mostrar pra todo mundo: olhem, este aqui é o meu neto!

Eu não conseguia perguntar nada, ela não dava chance: aquele dia no açougue, eu a vi numa situação tão parecida com a dele. Você também cresceu sem saber e sem poder saber, como o meu menino. Eu vi você tentando juntar os pedacinhos da história do seu pai e da sua mãe. A mulher agarrava o missal tentando me convencer de alguma coisa que eu não conseguia entender o que era. E ela repetia: eu entendo a sua busca, a necessidade de saber, entendo sim, qualquer um entenderia. Parou de repente, ficou nervosa, igual ao marido me explicando o que é ditadura, e olhou aterrorizada para trás quando alguém entrou na igreja como todo mundo entra, de mansinho. Ela se virou para ver quem era. Percebi que a pessoa se sentou, deu para ouvir o estalo da madeira.

Não é fácil falar isso pra você, se você quer mesmo saber... Um pouco antes de engravidar, sua mãe me procurou. Estava machucada, rosto inchado. Seu pai às vezes chegava a ser muito agressivo, muito agressivo. Se bebesse muito... Ela dormiu conosco naquela noite porque seu avô foi irredutível: quis casar sabendo que ia apanhar, então aguenta. Você sabe, muito pai fala assim. Meu marido tentou conversar com ele, eram muito amigos, mas nesse dia, brigaram, brigaram de verdade, a ponto de seu avô voltar pra casa com a camisa rasgada, meu marido teve que engessar a mão.

Numa segunda vez seu pai apontou a arma pra ela, a Vila toda ficou sabendo. E o Capitão aproveitou. Já estava atrás, ameaçando prender meu filho, seu pai, o grupo que eles formaram, e usou isso como pretexto meses depois. Enquanto isso as notícias corriam, brigas, tapas e ameaças com arma de novo. Procurei sua mãe duas vezes, ela negou. Como já tinha precedente, fiquei na dúvida, talvez sua mãe quisesse poupar seu pai. Mulher esconde quando apanha do marido. Era possível.

Ouvir aquilo me deu raiva porque meu avô nunca bateu na minha avó. Ela continuava me olhando, agora como se quisesse esconder alguma coisa e continuou: depois montaram a farsa do jornal. Mas eu nunca acreditei. Seu pai não chegaria a esse ponto. Era agressivo, ciumento. Jovem ainda, imaturo, vinte e três anos, idealista como meu filho, da mesma idade. Mas o ponto é que, como havia precedentes e como ninguém mais se assusta com a violência nesse lugar, a farsa funcionou, era crível, matar mulher por ciúmes não é coisa rara na Vila. Acho que foi por isso que as pessoas acreditaram nessa versão do jornal. Seu pai era violento mesmo, ser idealista nestas horas não livra ninguém. Sua mãe não foi a primeira, nem a última.

Ficava difícil continuar ouvindo, ela falava cada vez mais baixo: quando você foi lá no açougue, enquanto conversava com meu marido, reparei no seu rosto. A porta estava entreaberta, você deve ter notado. É esquisito o que eu vou te dizer, mas quando a gente observa uma pessoa falando, e ela não sabe que está sendo observada, a gente é capaz de prestar atenção em detalhes mínimos, sutis mesmo, pode ver até a alma. Foi nessa hora que, olhando pra você, eu vi meu neto. Às vezes ouço alguém gritando *vó*, no portão de casa. Abro a porta e nada, é só imaginação, vontade de que ele voltasse. Na última vez que ouvi *vó*, saí tão depressa, tinha certeza, era ele. Mas não, não era. Estava ouvindo demais e escorreguei na poça d'água em frente de casa. Não consigo mais firmar o pé no chão. Você tem reumatismo, sabe bem o que é isso, sentir dor quando pisa no chão.

Nessa hora me deu raiva, por que colocar o meu reumatismo no meio da história? O zum-zum das pessoas chegando para assistir à missa, queria tanto ir embora. Ela agarrou meu braço e cochichou: este lugar é violento, filha, não vê seus vizinhos? Me pergunto quando é que essas histórias vão ter fim aqui na Vila. Sua professora, e agora o Bambino... Você devia fazer que nem o meu filho, esse lugar não vale a pena.

Foi tão ruim ouvir tudo aquilo e no final ela ainda me fez lembrar da minha professora e do Bambino! Eu queria fazer outra pergunta: onde meus pais moraram? Indo da sua casa pra escola, no segundo quarteirão, é a terceira casa, do lado do bazar de armarinhos, aquela casa abandonada. Desde que toda essa história aconteceu, ninguém mais quis morar lá. O povo daqui é muito supersticioso, gente ignorante que acredita até em assombração. Sabe o que tem por trás da superstição e da violência? Está vendo essas pessoas chegando, se ajoelhando, com cara de santo, fingindo humildade? Tudo isso é medo, minha filha.

*

Cheguei no meu quarto e procurei meu caderno. Reli tudo o que eu tinha escrito, cada palavra da história que o açougueiro me contou. Deixei uma página em branco e comecei a escrever o que eu tinha acabado de ouvir da mulher dele. Num caderno de sessenta páginas, ainda cabia muita coisa.

Toda a verdade é esse punhadinho

O exame de sangue ficou pronto, resultado normal, bela. O reumatismo foi embora, mas o médico do posto de saúde não sabe dizer por quanto tempo. Vai e volta, se tiver sorte não volta mais. Quando minha avó me passou o papel, foi a primeira vez que eu torci de verdade para que aquela doença nunca mais me pegasse. Eu pisava no chão, a sola do meu pé não doía, e comecei a desejar, sem hesitação, nunca mais adoecer. Fui para o meu quarto pensando nisso.

Sua amiga está aqui *de novo*, o que tanto conversam?, minha avó gritou da cozinha. E num triz a Cegonha já estava dentro do quarto e falou bem baixinho, mas com um pouco de raiva: o que você está fazendo não é justo, não é justo mesmo, ela repetia. E se tiver linchamento? Linchamento, do que você está falando? Ela se sentou ao meu lado: você não consegue esconder nada de mim, sou mais velha que você. Quando o Capitão veio buscar os gêmeos, você tinha acabado de voltar da piscina municipal, tenho certeza, por causa da sacolinha azul que você só usa pra ir nadar. E daí, perguntei, só por isso? Não é só por isso, não. Na volta, quando você abriu o portão, vi muito bem, seu cabelo estava molhado. Onde você tinha ido? Fui na igreja. Mentira, de novo, mentira, porque a igreja é do outro lado, do lado contrário ao que você vinha vindo.

Vai embora, vou chamar meu avô, ele vai te tirar do meu quarto. Ela levantou a mão e tampou minha boca: não precisa, não, vai dar uma de bebezinha de novo? Sai daqui, eu tenho reumatismo e meu pé está doendo, sai. Nossa, você está inventando isso só pra me mandar embora? Eu não esperava essa resposta, achei que ela fosse acreditar, todo mundo sempre acreditava. Ela pegou um par de meia como se quisesse me ajudar naquela hora: eu sei por que você está assim comigo, é porque eu te mostrei o jornal. Não é, não, é tudo inventado, pura mentira, aqui em casa a gente não compra jornal por isso. Inventam tudo, jornal só serve pra fazer embrulho, meu pai *não* matou a minha mãe.

Dessa vez, quem ficou calma vendo minha aflição foi ela. Até mudou o tom de voz: pensa bem, presta atenção. Se o seu pai não matou a sua mãe e mesmo assim falam que foi ele, isso não é justo, certo? Eu teria dito sim se ela tivesse esperado minha resposta, mas ela foi em frente: se naquele dia alguém tivesse visto o que aconteceu na casa dos seus pais, o certo era que essa pessoa contasse tudo, não é? Então, a mesma coisa vale agora pros gêmeos porque só você viu, então, só você pode contar como foi. Se fizer isso, não vai ter linchamento, quem matou vai ser preso e quem não fez nada vai ficar livre. A Cegonha estava certa, era muito injusto meu pai ser chamado de assassino por um crime que ele não cometeu.

Todo mundo sabe o que eles fazem de errado aqui na Vila. Mas ninguém fala que eles capinam a chácara do tio sem ganhar nada desde que o velho quebrou a bacia; ninguém fala que, quando precisa, eles entregam as encomendas de doce pra minha mãe. Parece que vida deles desandou depois que o pai largou da mãe começou a correr atrás da mulherada, beber, e agora perdeu o emprego. Mas quando entraram na escola não davam o menor trabalho e na creche eram dois anjinhos, minha mãe fala. Sabia que eles ajudavam o padre na sacristia?

Meu avô não quer que eu chegue perto deles. Bom, se você acha que seu avô não faz nada de errado, pode saber que a Vila toda fala que ele rouba na balança. É mentira, pura mentira, e ele sabe a quantidade certinha, nunca roubou na balança! É, ele faz de um jeito que ninguém percebe. Vou falar mais uma coisa porque sou sua amiga. Pede pra sua vó contar tudo pra você. Ela tem que te explicar essa história inteira, sua mãe, seu pai, tudo. Ela não ficou no lugar da sua mãe? Então, minha mãe não me esconde nada. E se eu esconder as coisas dela ou falar mentira, se ela descobre, eu apanho. Ela me bate, é minha mãe, só que não fica escondendo nada, não. Eu sei que meu pai arrumou outra família logo depois que eu nasci e, olha, quando minha mãe me contou isso, eu era bem mais nova do que você. Também sei que, antes de mim, a minha mãe teve um filho que nasceu morto, era pra ser um menino. Eu sei tudo. Minha mãe fala que é melhor. Acho que ela está certa. Seu avô e sua avó não falam nada, e olha aí você. Aqui na Vila também ninguém vê, ninguém fala. Minha mãe vive repetindo e é verdade. Sabe por quê? Medo. Minha mãe fala bem assim, que não é porque a gente é mulher que vai ficar aí, dando uma de bebezinha, morrendo de medo de tudo.

 A Cegonha saiu como se tivesse cumprido uma missão, falado tudo o que tinha para falar. Mas não precisava ter batido a porta. Dessa vez me atingiu mesmo, fiquei com a frase martelando na cabeça: ninguém fala a verdade, morrem de medo, ninguém fala nada, só falam por trás. Ela tinha razão, todo mundo finge que não vê, que não sabe. A frase preferida dos meus avós era "esquece isso".

 O neto da mulher do açougueiro não podia falar dos pais, nem dele mesmo. Foi treinado para isso, a mulher disse, podia fazer a mesma pergunta muitas vezes e ele não abria boca. Você já viu alguém sem história? Treinamento de guerra para não falar. Também me lembrei do açougueiro: aqui ninguém vê nada, não quer saber de nada. Esta Vila não sai do lugar, fica derrapando, vai e volta. Se a professora estivesse aqui, sentiria orgulho se eu contasse tudo? Do meu avô eu podia esperar mais uma surra, com certeza, ou então podia ser que, quando ele levantasse a cinta, eu conseguisse segurar seu braço.

Os dois não falavam e eu estava aprendendo a não falar. Meu avô pediu para que eu não contasse o que vi naquele dia nem para minha avó e nem para ele mesmo. Eu não podia ouvir rádio, ver televisão, não podia perguntar, falar, enxergar... Eu estava ficando como eles e percebi que eu odiava esse jeito que eles tinham. Eu não parava de pensar sobre o que poderia acontecer. Se o Gabriel morresse a culpa seria minha?

Abri a janela do meu quarto. Minha avó estava estendendo roupa no varal. Se os gêmeos forem linchados, uma coisa era certa, eu poderia ter evitado a morte do Gabriel. Minha boca salgada de tão seca, fui pegar um copo de água na cozinha. Minha avó entrou carregando a bacia de roupas: estão dizendo que o Capitão vem buscar os dois de novo. *Così sia, amen*. Coitada da vizinha, a vidraça amanheceu quebrada. Seu avô não teve coragem de levantar da cama pra ver quem foi.

*

Vai ter linchamento com pedra, vó? Ela abriu a lata, despejou todo o pó preto do saco lá dentro: pedra e o que mais tiver na frente. Estão falando em arrastar os dois pro terreno baldio, aquele do lixo, melhor nem pensar. A senhora já viu linchamento? Não, mas desde que eu moro nessa Vila, teve dois. E como é? Esquece isso, esquece. Ela balançava a cabeça. Se um deles confessasse...

Acho que aqui na Vila ninguém fala a verdade, escondem tudo. A senhora também acha isso? Esquece esses dois, bela, cada um cuida da sua vida. *Ogni uomo ha il suo destino e il destino è dato da Dio*. Eu nunca precisei entender cada uma das palavras que ela dizia numa frase em italiano para saber do que ela estava falando. E também nunca respondi nada em italiano, exceto dessa vez: *non vedere, non parlare*. Vi no rosto dela uma mistura de susto e admiração, como se não me reconhecesse nas palavras que eu tinha acabado de falar.

    Por que, vó? Por que o quê, bela? Por que as pessoas escondem as coisas, fingem que não sabem, inventam? Ninguém pode falar a verdade, ninguém! Nem os gêmeos, nem a senhora, o vô. Ela percebeu um tom diferente na minha voz. Por que está falando assim? Ela procurou a tampa para fechar a lata do café. Desistiu. Desamarrou o avental devagar, como se estivesse se preparando para entrar num outro mundo: o que você está me perguntando, bela? Você quer mesmo saber por que as pessoas não falam a verdade? Então vou te dizer que algumas verdades reviram a vida da gente pelo avesso, fica tudo em carne viva. Minha avó estava falando que eu não devia fazer perguntas com respostas difíceis de aguentar depois. Eu precisava fazer alguma coisa antes que ela me pedisse para esquecer. Agarrei o avental, tinha que segurar, apertar, não deixar que escapasse. Por que a vida é assim, vó? E ela repetiu: por que a vida é assim como? Assim, tão esquisita, a gente não pode saber a coisa mais importante que aconteceu na vida da gente. E quando eu pergunto a senhora fala pra eu esquecer. Como eu posso esquecer uma coisa que nem sei o que é? E ficar no meio da verdade e da mentira, sendo jogada de um lado pro outro. Isso dói, fico triste toda vez que paro para pensar! Minha avó levou um susto: do que você está falando, bela?

    Não sei explicar, mas vi as duas fotos do jornal erguidas na minha frente, meu pai, minha mãe, justo na hora em que percebi que ela ia responder minha pergunta com outra pergunta, aquela que me apavorava só de me imaginar respondendo. E ela fez: você está falando do seu pai e da sua mãe?

Foi uma espécie de tontura, eu disse sim com uma lágrima nascendo em cada olho. Dessa vez eu queria que ela visse. Mas a lágrima não escorria.
    Não sei se estou entendendo o que você quer me dizer. Alguém te contou alguma coisa, é isso? Minha avó não devia ter feito essa pergunta, eu não ia conseguir repetir todas aquelas histórias, não ia. *Ela* tinha que falar, não eu. Fiquei mais séria do que ela para demonstrar a minha indignação se transformando em revolta. Minha avó coçou o pescoço, o peito e continuou: histórias desencontradas pra coisa mais pavorosa que aconteceu na minha vida. Eu tentei, muito, tudo o que pude, e decidi que seria melhor deixar de procurar uma resposta. Esquecer, só esquecer. Levar a vida, cuidar dessa casa, criar você e rezar, agradecer por você estar viva, porque sobreviver já era muito. Eu te juro, luto comigo mesma o tempo todo e, ainda assim, depois de tanto tempo, não passa um dia sem que eu me lembre. Ah! bela, minha avó suspirou. Naquele instante eu não soube dizer se ela estava se referindo a mim ou à minha mãe. De novo a sensação de que, quando eu conversava com um adulto sobre o que tinha se passado com os meus pais, ele falava de um jeito que parecia não ser para mim. Para quem minha avó estava falando naquela hora? Pronto, pensei, ela vai parar por aqui e eu quase tinha conseguido. Não me importei com a sua cara de dó, queria que percebesse o esforço que eu estava fazendo para que ela não parasse de falar. Minha avó balançou a cabeça: acho que estou entendendo.
    Foi a primeira vez que não era minha culpa querer saber. Deu vontade de chegar mais perto, vontade até de abraçar, mas eu não ia fazer isso. Ela se sentou pedindo ajuda à cadeira, como se sentada pudesse se lembrar. Eu também não sei o que aconteceu. Corri, fui atrás, procurei o Capitão, ouvi toda a história da boca dele, li os relatórios da polícia, ele deixou, perguntei pra todo mundo aqui da Vila.

Minha avó contou cada uma das versões, o que ela ouviu sobre meu pai ter sido ou não o assassino, e ficava repetindo: as histórias não batiam, as histórias não batiam, bela. E é tudo muito esquisito. Se ninguém ouviu nada, como a polícia descobriu e entrou na casa poucos minutos depois? Contestar o Capitão? Seu avô ficou do lado dele, disse que foi coincidência, e que ainda bem que ele estava perto quando aconteceu, é o trabalho dele, é a ronda, pra isso serve a ronda! E tudo porque o Capitão é amigo, sempre contou com a ajuda dele, no armazém nunca entrou um ladrão, e isso é verdade. O fato é que o Capitão conseguiu levar sua mãe pro hospital, e se você nasceu foi graças a ele. Virou herói, metade da Vila acha isso, seu avô tem certeza absoluta. Foi por isso que o Capitão te batizou.

Minha avó se levantou da cadeira para pegar um copo de água: te peço, por Deus, não toca nesse assunto com seu avô. Ele tem muita mágoa e culpa, fica remoendo, não consegue esquecer... o rosto fechado, sempre distante, vai saber onde ele vai com aquela tristeza toda. Ele acha que devia ter protegido sua mãe do seu pai, que não devia ter brigado com o açougueiro, que não devia ter deixado sua mãe se casar. É tanta coisa, bela. E logo agora que o pulmão está fraco demais, deu pra escarrar sangue toda hora. Você já viu, não viu, bela? A cor amarela no rosto dele? Justo agora que você melhorou do reumatismo e eu não preciso mais me preocupar com a sua febre, tenho que tirar a febre dele toda hora. Tosse a noite toda.

Por que nunca me contou nada disso, vó, por que a senhora me escondeu essa história? Por que nunca te contei? Mas que história eu tinha pra te contar, que história eu posso te contar? A única coisa que eu sei de verdade é que a minha Bela morreu, morreu assassinada com dois tiros. Como alguém conta isso para uma criança? Como eu poderia ter falado isso pra você? Ela tampou o rosto com as mãos. Eu

disse: não sou mais criança, vó. E ela respondeu esfregando as mãos no rosto: não mesmo, por isso estamos aqui agora.
    Quem matou minha mãe, vó? Quem? Quem matou a sua mãe? Fiz tudo o que eu podia, conversei com os vizinhos, todos eles, ninguém viu nem ouviu nada. Seu pai guardava uma arma em casa, todo mundo sabia, ele nunca escondeu. Alguém começou a espalhar que um dia ela ia aparecer morta porque seu pai era ciumento. E quem começou a espalhar essa história, só pode ter sido o Capitão, porque tudo isso coincidiu com os recados que ele estava mandando, de que ia prender gente aqui na Vila, seu pai inclusive, por causa de uma greve.
    Então, o que aconteceu com meu pai? Quem sabe, bela, quem sabe? Seu pai andava com o pessoal do sindicato. Naquela semana que a sua mãe morreu, o Capitão deu um aviso bem claro: que fossem embora, que sumissem. A fama do Capitão sempre foi de matador, teve falatório de morte, a greve ia começar. Prenderam uns, outros fugiram, seriam presos se não fugissem, e só seu pai ficou. Disse que não arredaria o pé por sua causa e por causa da sua mãe. Queria que você nascesse aqui na Vila, que não ia sair fugido. Isso ele disse e eu ouvi, bem aqui, nesta cozinha. E começou a fazer discurso nas fábricas e no sindicato, a greve estava prestes a acontecer. Ele foi visto como um líder, alguns achavam isso. Um rapaz apaixonado pela vida, pela sua mãe. Declamava poesia, fazia teatro, cheio de amigos... Por que ia tirar a vida dela e fugir?
    Foi um susto, minha avó deu um murro na mesa, coisa que eu nunca tinha visto. Também nunca tinha visto minha avó chorando. Suspirou fundo antes de gemer e começar a falar de soquinho: não sei, ninguém sabe. Ela olhou a lata de café, pegou uma colher, encheu de pó para jogar no coador, e disse: tá vendo isso aqui? Esse tanto de pó é tudo o que eu sei, bela, o que eu sei é só esse punhadinho.

Naquela noite, enquanto escrevia a versão da minha avó, tive o pressentimento de que tudo acontecia ou deixava de acontecer por muito pouco, por um triz, quase nada. Quando fechei o caderno, já tinha tomado a minha decisão.

Denodo

Não sei se eu acreditava que podia fazer aquilo sozinha, ou se não tinha ninguém para ir comigo. A secretária disse oi, um minutinho. Atendeu o telefone e apontou a cadeira à nossa frente. Era a irmã mais velha de uma colega de classe e eu me imaginei entrando na escola e a menina olhando para mim de boca aberta. Afastei um pouco a cadeira, tentando me concentrar em tudo o que eu devia contar para o advogado, e ele me ouviria, me protegeria como se fosse meu pai, e eu sairia de lá com uma medalha, parabéns, você é muito corajosa. Mas, e se ele não acreditasse ou dissesse que eu tinha que provar tudo o que estava falando, ou pior, chamasse os gêmeos para que eu repetisse tudo na cara deles?

O calendário com o mês de janeiro na parede, ao lado de um relógio redondo com o tic-tac mais alto que eu já tinha ouvido, o diploma enquadrado com o nome dele. Doutor advogado. Será que eu também podia? A janela da sala dava direto para a rua, e fiquei com medo de que alguém passasse, me visse e fosse até o armazém contar para o meu avô ou coisa parecida. Então me ajeitei na cadeira e abaixava a cabeça toda hora para que ninguém reparasse, até que ela desligou o telefone.

Eu preciso falar com o advogado. Sobre o quê?, perguntou, como se uma menina da minha idade não tivesse nada para dizer. Por sorte, não tive que explicar. O advogado abriu

a porta e, quando me viu, logo perguntou se eu queria falar com ele. Sim senhor, eu quero sim.
   Ainda bem que ele fechou a porta quando entrei no escritório. Nos sentamos e eu falei de uma vez: eu vim aqui porque sei quem fez aquilo com o Bambino. O Uriel, foi o Uriel. O advogado ficou me olhando sem dizer nada, com certeza não esperava, mas me ouvia atentamente, e só abria a boca para perguntar: você está certa disso? Eu estava na piscina. Tive que tentar me lembrar a que horas cada coisa que eu contava tinha acontecido, enquanto ele ia anotando num caderno. Ele me ouvia de um jeito que parecia não duvidar, e às vezes me interrompia: qual era a cor do calção que eles usavam? Só vi um, era azul. O que você fez quando a chuva começou a cair? Fiquei atrás da mureta. Quem mais estava lá? Eles três, e eu. Você se lembra exatamente de quais foram as palavras que você ouviu? Acho que foi... eu te arrebento, você não vai me escapar. Os dois são idênticos, como você sabe que foi o Uriel e não o Gabriel? Porque quando um dos gêmeos estava indo embora o outro gritou assim: vai fugir, Gabriel, virou marica também? A que horas você chegou em casa? Não vi no relógio, mas logo depois a chuva parou. Viu alguém no caminho? Não, a chuva estava forte, não tinha ninguém na rua. Alguém te viu entrando na sua casa? Viu sim, a Cecília, vizinha, ela é da minha escola. Certo, se precisar vou chamá-la aqui, ela pode confirmar isso? Ah, sim, ela pode, ela pode falar tudo, a mãe dela não vai ficar brava.
   Ele se levantou da cadeira, encheu dois copos de água. Um homem preto bonito, camisa com abotoaduras douradas, uma gravata laranja e larga, com listas pretas diagonais. Se ele fosse meu pai, eu nunca mentiria para ele, eu ia tirar dez até na prova de matemática, o Capitão não seria meu padrinho. Ele me ofereceu água: conheci sua mãe. Agradeci e segurei o copo mesmo sem ter sede: meu pai também? Sim. Não

éramos próximos, mas acompanhei tudo, eu estava na faculdade de direito na época. Era a minha chance e eu nem tinha ido lá por esse motivo: o senhor sabe me explicar o que aconteceu com meus pais? Ainda não, mas vou saber. Eu vou poder saber também? Vai sim, todo mundo vai poder saber.

Se eu chorasse, ele ia achar que eu era criança, meus avós diziam que um adulto nunca chora na frente do outro. Talvez eu não tivesse motivo para chorar porque comecei a sentir uma leveza, vontade de soprar todo o ar para fora do corpo, de espichar as minhas pernas e me esparramar na cadeira.

Meu avô vai me bater se souber que eu vim aqui, jurei que não ia abrir a boca. Ele bebeu o resto de água do copo: olha, ir até o fim é uma decisão sua. Mas se você chegou até aqui sabendo dos riscos, é porque não tem tanto medo assim, estou certo? É que meu avô está velho, velho e doente, tenho medo de... Não, não, ele não vai morrer por isso. Se eu fosse você eu apostaria que ele, mesmo que não demonstre, vai achar que você tem firmeza de caráter, coragem. Não é bem assim, eu vim aqui por que sentia medo e não porque sentia coragem. Que medo você sentia? Medo de deixar que uma pessoa seja presa, linchada, ser culpada de uma coisa que ela não fez. Ele ajeitou a gravata, encheu mais um copo: entendi, você acha que isso foi o que aconteceu com seu pai, não é? Ele conversava comigo como se eu já tivesse me formado na escola. Denodo, ele disse olhando para mim. Sabe o que significa? Coragem para enfrentar riscos, valentia. E é isso que faz o mundo ir para a frente. Você vai longe.

Eu não era valente e nem corajosa. Naquela hora, o pouco de coragem que eu sentia, eu estava tomando emprestado dele. Pode vir aqui na hora que você quiser, perguntar o que você quiser, te ajudo em qualquer coisa e posso conversar com seu avô, acho que ele gosta de mim. Quero saber mais uma coisa. Pode falar. O que vai acontecer agora? Agora eu vou enviar a petição ao delegado, ele vai te chamar. E eu vou ter que entrar sozinha na delegacia? Não, eu vou com você. Depois o juiz vai querer te ouvir. O senhor também vai? Vou. Tudo o que você tiver que fazer, eu faço junto com você. Agradeci, ele apertou minha mão. Denodo, ele repetiu, não se esqueça.

    Quando me levantei vi que atrás da cadeira em que eu estava tinha um cartaz escrito *anistia ampla, geral e irrestrita*, ao lado de uma estante de livros. Denodo, anistia. Palavras que eu nunca tinha ouvido. O advogado deve ter estudado muito. Se pudesse, eu me mudaria para aquela sala, ficaria ali por muito tempo protegida pelo muro feito de livros e por todas as certezas que ele tinha.

Clara preta

Meu nome, Clara, vinha da minha avó, Chiara. Não sei quem escolheu esse nome para mim. Eu gostava, mas não combinava comigo. Era nisso que estava pensando, na descombinação do meu nome, sentada no banco do jardim, já decidida a ir à casa onde meus pais moraram. Um pai negro, uma mãe branca e eu quase. Quase, a palavra que a Cegonha usou e eu nunca vou esquecer: "você é quase".

Já há algum tempo no banco, fiquei relembrando a conversa com o advogado, aquele dia na piscina, o Bambino, os gêmeos e fui desfiando uma história na minha cabeça como se estivesse com febre. Bastou pensar nos gêmeos e me imaginei jogada numa sala escura aspirando com força um cheiro estranho de medo e de éter. Tem alguém aí? A garrafinha no chão, peguei e abri. Éter, ééterrr, ééterrrrr. Os dois apareceram: por que você entrou aqui? Respondi com outra pergunta: qual de vocês é o Gabriel e o Uriel? Ele é o Uriel. Não, mentira, não sou não, é ele; *ele* é o Uriel. E então os dois falaram juntos como se fossem um só: quer brincar de marido e mulher? Mulher... Galinha Preta pode ser mulher de dois? Dois em um. Um deles segurou os meus braços e me espremeu contra a parede. Contra a parede e de costas. Agora a gente faz o que com ela? Ela serve pra comer? Pra comer tem que destroncar o pescoço da galinha. Galinha bota ovo, gema e clara. Será que a Clara bota ovo? Só se for ovo de Clara preta.

O freio ardido de uma bicicleta me fez voltar para o banco, o jardim, a rua. Metal raspando metal. A roda da bicicleta parou a um palmo da menina, que quase foi atropelada. Quase. Uma pessoa pode ser quase? Na noite anterior, depois de ter conversado com a minha avó, eu abri o dicionário e fiquei muito tempo pensando nesta palavra que, de simples e óbvia, passou a ser, para mim, uma pergunta que pedia explicação. Precisava ter calma para compreender cada palavra. Anotava, ia atrás, juntava uma com outra até fazer algum sentido. Quase podia ser uma pequena diferença para menos. Isso eu já desconfiava, se sou quase, sou menos, não chego a ser, não alcanço. Quase é sempre menor do que deveria ser, é falta, é o que acontece antes da hora e não devia ter acontecido, que nem fruta colhida na véspera. Estava escrito que, quando se refere a distância e proximidade, quase significa uma coisa que nunca está onde deveria. Quase pode estar perto do sim e pode estar perto do não, e também pode ser nem sim nem não ao mesmo tempo. Quase é incerteza — me impressionava tanto esta palavra — quando muito, é promessa de vir a ser, mas vai ficar devendo porque é mistura inacabada, igual a doce que desanda antes de pegar o ponto. Quase é por um triz, poderia ter sido, ou por pouco deixou de ser, é sempre por pouco que não, é sempre por pouco que sim. Quase é um emaranhado de fios juntados para nada; quando muito, quase é bola na trave.

Levar cada palavra a sério era a única coisa que eu podia fazer quando precisava de coragem. E até aquele dia eu nunca tinha precisado de tanta. Não foi nada fácil falar com o advogado e não seria também agora, entrando na casa em que meus pais moraram e onde tudo tinha acontecido.

Do lado do bazar de armarinhos — a mulher do açougueiro tinha explicado. Passei muitas vezes em frente me perguntando sobre o motivo do abandono. Quem teria morado ali e deixado tudo naquele estado? Casa abandonada, a imagem que vinha e voltava no sonho e na imaginação. Eu não queria entrar com a sensação horrível, tinha que me livrar dos gêmeos, dois fantasmas me assombrando. E foi a primeira vez que senti repulsa, só repulsa, e não mais a vontade de querer e não querer ao mesmo tempo. Um pouco de nojo e atração, duas coisas que até então vinham juntas, como o par de asas de uma borboleta, ou feito a minha casa e a deles... o que mais sempre vem junto? Pai e mãe... E eles mesmos, os gêmeos. Aversão, pura aversão, pelos dois e pelo meu pensamento imaginando como teria sido minha mãe olhando para o meu pai e vendo a morte nos olhos dele. Ou foi o contrário? Quem viu o outro morrendo?

Passar pelo portão foi fácil, nenhuma resistência. Dois passos, três, até a porta da frente. Forcei o trinco uma vez e outra, com mais calma, mais jeito, mais força, até conseguir. Ainda hoje não sei o motivo, alguma coisa me levou para a cozinha. Medo de assustar fantasmas com o estalo da areia no chão sob meus pés. No cômodo escuro e abafado, alisei a pedra da pia pedindo, mãe, deixa eu sentir qualquer coisa sua, um sinal de que estou te tocando. Mas o que senti foi só uma ardência na ponta do dedo. Melhor limpar. Girei a torneira, o som arrastado e ardido, o cheiro ferroso do deserto. Esperava que saísse água daquilo? Lambi o risco de sangue.

Uma casa tão pequena sem corredor é como um bicho sem pescoço, fica faltando, tinha que ter mais. Um sofá, um armário, cadeiras, flor dentro de um copo d'água, blusa largada num canto, o sol entrando. A sala dava para a cozinha e, na cozinha, uma porta emperrada se abria para uma passagem estreita com mato cobrindo os cascalhos.

Eu tinha que tentar, alguma coisa me faria chegar perto dos meus pais. Onde quer que eu tocasse, minha mãe teria tocado. Encostei o ouvido na parede como se elas pudessem ter gravado conversas, risadas, uma palavra que fosse. Dizem que o filho não esquece a voz da mãe, mesmo que tenha ouvido só dentro da barriga. Com certeza ela abriu e fechou muitas vezes a torneira do banheiro, pegou nas maçanetas, puxou o cordão da descarga que não existia mais. Na sala, só uma janela, no umbral dessa janela ela deve ter se debruçado esperando meu pai voltar, mulheres sempre esperam, era isso o que eu achava.

Vasculhei sinais na pia da cozinha onde lavaram os pratos, na pia do banheiro em que lavavam as mãos e, no quarto, o único da casa, percebi um pequeno círculo preto, talvez um buraco pelo qual eu poderia ver tudo o que tinha se passado ali, e assistiria, como num filme, a história toda, finalmente. Fui me aproximando aos poucos, querendo acreditar naquela minúscula cova mágica. Reafirmei com toda a minha força adolescente a crença no milagre da ressurreição dos mortos. Limpei as lentes dos meus óculos. O buraco era protuberante, parecia que ia saltar da parede quanto mais me aproximava dele, até perceber que era um prego, um prego imprestável, o único vestígio. O ardido no corte no dedo e o impulso de tocar naquele prego chegaram juntos. O que poderia existir de mais ordinário e vulgar do que um prego velho, inútil, esquecido na parede de uma casa onde ninguém nunca mais quis morar? Se tivesse força suficiente nas mãos, eu o enterraria na parede.

Era nesse quarto que eu dormia com meus pais. Conversas ríspidas, acusações, meus olhos e ouvidos bem abertos. Uma sensação, um cheiro, a luminosidade da manhã, qualquer memória por pior que fosse. Eu, meu pai, minha mãe, tiros. Em que lugar ele guardava o revólver? A porta do quarto sem batente, a janela da sala bem trancada, como se precisassem impedir a entrada de invasores. O sol escorregava pelas frestas da veneziana e eu, de costas para ele, enxerguei minha sombra projetada na parede. E neste instante, vendo a imagem negra do meu corpo se sobrepondo às listas brancas, me dei conta, pela primeira vez, de que meu pai não tinha apenas um rosto, ele tinha um corpo também. O rosto que eu vi no jornal, um corpo que eu podia sentir. E o susto da descoberta foi maior ainda quando, ao me aproximar do meu próprio corpo projetado, vi a sombra do meu pai se juntando à minha. E esse sentimento me dizia que ele ainda podia estar vivo e, fosse quem fosse, eu o carregaria comigo, ocupando um lugar onde minha mãe sempre esteve. Algumas coisas seriam para a vida inteira: pai, mãe, os pais dos pais de cada um deles, numa sucessão interminável.

Meu pai estava ali comigo, era essa a certeza que eu queria ter, uma crente recém-convertida pronta para se curvar diante da imagem sagrada. Um pouco mais de calma, refrear a excitação, respirar o ar que era pouco. Era como se eu já soubesse que não sairia daquela casa do mesmo jeito que tinha entrado. Eu me sentia diferente, carregando comigo outras perguntas. Meu pai, minha cor, a outra parte da família. Perguntas que começaria a fazer olhando de verdade para mim mesma. Eu tinha um corpo e meu corpo também me revelava. Hoje é mais fácil entender o que eu senti naquele momento, a convicção de que eu podia fazer parar uma roda que girava desde que nasci ou simplesmente inverter a sua direção.

Ganhei alguns anos, era assim que me sentia no caminho de volta. Tudo estava igual, a loja de armarinhos, as casas geminadas, a avenida larga, a copa das árvores sombreando os bancos da alameda, o açougue com a cortina de carne, o armazém do meu avô esperando a entrada de um cliente. Iguais ao que sempre foram, mas muito diferentes. Em cada lugar por onde passava, eu me sentia capaz de rastrear outras histórias, como se pudesse enxergar além, por uma fresta, ou por dentro. Mesmo que eu não soubesse onde as histórias iriam dar, para onde me levariam, era possível tentar mais de um caminho e outros modos de enxergar.

Mais tarde eu aprendi que as borboletas não têm apenas dois olhos, embora pareça que sim. Isso meu avô não me ensinou, pode ser que nem soubesse. Elas têm olhos compostos, milhares de mini-olhinhos que podem ver até o que está atrás. Isso eu não podia. Talvez eu fosse capaz de ver, de diferentes perspectivas, o que estava à minha frente, o que já é muito. Aprendi também que borboletas não são criaturas tão silenciosas como se supõe. Quando voam em bando é possível ouvir o rumor de suas asas. Abrindo o portão da nossa casa, meu silêncio se quebrou em pedacinhos, como o vidro de éter, a descoberta de um segredo, a casca de um ovo atirado contra o chão. Ovo de Clara preta. Borboleta preta, prenúncio de morte, muita gente acreditava. E a borboleta que eu mais gostava, e continuaria gostando possivelmente por toda a vida, tinha asas pretas quando pousava, e azuis quando se abriam para voar. Engraçado, até aquele dia eu a chamava de borboleta azul, só azul, mas ela era preta também.

Agradecimentos

Agradeço a todos os que leram alguns capítulos, as primeiras ou últimas versões deste livro:

Heloisa Jahn, Noemi Jaffe, Flavio Cafiero, Lucas Verzola, Eugênio Bucci, Joca Reiners Terron, Carola Saavedra, Leonor Cione, Gerusa Pedreira e Silva, Angela Marsiaj, Flavia Castro, Maria Fernanda Elias Maglio, Cristina Meirelles e aos meus colegas da Escrevedeira;

Beatriz Martins da Costa Furtado, Maria Aparecida Vilela Braga Martes, Sonia Regina Braga Martes, Paulo Reali Nunes, João Lopes Guimarães Jr., Monica Gouvêa, Soraya Fleischer, Sergio Tellaroli e Ronaldo Porto Macedo Jr.;

Edimilson de Almeida Pereira e Cide Piquet.

Sobre a autora

Ana Cristina Braga Martes é socióloga e foi professora na Fundação Getulio Vargas até 2019, de onde saiu para se dedicar integralmente à literatura. Nascida em Varginha (MG), passou sua infância e juventude em São Carlos (SP), formou-se em Ciências Sociais pela UNESP/Araraquara e doutorou-se pela Universidade de São Paulo (USP), tendo feito parte do seu doutorado no Massachusetts Institute of Technology (MIT). Foi pesquisadora-visitante na Universidade de Boston (BU) e fez pós-doutorado na Universidade de Londres (King's College). Publicou e organizou diversos artigos e livros acadêmicos no Brasil e no exterior. *A origem da água* (2019), editado pela Confraria do Vento, foi seu primeiro livro de ficção. Atualmente é colunista da revista *Pessoa* e colaboradora do jornal *Rascunho* e da revista *Quatro Cinco Um*.

Sobre o que não falamos (Editora 34, 2023), finalista do Prêmio São Paulo de Literatura (Categoria Melhor Romance), recebeu o Selo Altamente Recomendável (Categoria Jovem) da Fundação Nacional do Livro Infantil e Juvenil em 2024.

Este livro foi composto em Sabon, pela Franciosi & Malta, com CTP e impressão da Edições Loyola em papel Pólen Natural 80 g/m² da Cia. Suzano de Papel e Celulose para a Editora 34, em outubro de 2024.